櫻花莊的寵物女孩

3

鴨志田 一
Hajime Kamoshida
插畫 溝口ケージ
illustration Keji Mizoguchi

「現在請馬上跟我一起回英國吧。」
麗塔・愛因茲渥司
真白在英國時的室友，已有十年的交情。
從六歲起就開始在爺爺的畫室裡認真學繪畫，
就是在那時與真白相識。

「現在馬上⁉」
「我不回去。」

「……第二學期？我沒吃過。」
椎名真白
美術科二年級生。雖然是世界級的天才畫家，卻毫無生活能力
以漫畫家的身分出道，成功地獲得了連載。
以少根筋的煽情發言把空太耍得團團轉，住在202號室。

「能像這樣與椎名在一起的時光，
還能持續多久呢……」

神田空太

水明藝術大學附屬高校普通科二年級，負責照顧真白的工作。
受到真摯地致力於漫畫的真白影響，
以遊戲開發者為志向。住在101號室。

「來吧，學弟，讓我們繼續更加亢奮吧！」
上井草美咲
美術科三年級生。雖然擁有能獲得獎學金的實力，
卻是個因為老是製作動畫而被剝奪這項權利的怪人。
心儀青梅竹馬三鷹仁。住在201號室。

普通科三年級生，美咲的青梅竹馬。
將來想成為劇本家，
負責美咲的動畫劇本。
同時也是個可怕的花花公子。
住在103號室。
三鷹仁
「那個女孩，是要來奪走公主的
邪惡魔女。沒錯吧？」
「和平或者溫柔之類的東西，
是不是掉到哪裡去了……」
青山七海
普通科二年級生，空太的同班同學。
是個努力不懈的人，靠打工收入自力更生，同時在聲優訓練班上課。
因為積欠一般宿舍的住宿費，於是搬到了櫻花莊。
住在203號室。

CONTENTS

寵物女孩

3

Kadokawa Fantastic Novels

如果有通往大人的道路，那會是什麼樣子呢？
會是筆直的嗎？還是曲折的呢？
或者其實是坡道？
希望至少不是不斷延伸的階梯。
現在知道的只有兩件事。
一個是自己正站在這條道路上。
然後另一個是，這大概是條無法回頭的道路。
總覺得在這個秋天所發生的事，讓我了解了這些。

第一章 秋季的暴風雨來臨

1

「心這種東西真是麻煩啊……」

九月一日的早晨，沒有被貓打擾而自己醒來的神田空太，茫然地望著天花板喃喃自語。

櫻花莊101號室。這已經是第幾次在這裡迎接早晨了呢？空太搬到校園裡問題人物的巢穴櫻花莊，已經超過一年。身心都已經完全習慣在這個房間醒來，現在甚至還有彷彿身在老家一樣的安心感。

但是，今早醒來時的狀況有些不一樣。睏到眼睛連一半都張不開，只有腦袋異常地清醒，總覺得體內存在著微輕的緊張感。

「真的很麻煩……」

真要說的話，激烈痛楚或是被壓迫般呼吸困難，這些都能夠正面迎擊，反而比較好處理。

「好。」

空太彷彿要轉換心情般，邊發出聲音邊起身，盤腿坐在床上。

覺得不舒服的原因很簡單，因為空太還在意著昨天企劃甄試的結果。

與櫻花莊的大家一起放煙火，想要趕走所有的不愉快，但看來似乎不是一個晚上就能輕易忘掉。

自己想要靠成功的記憶覆蓋失敗的記憶。想著非得趕快繼續進行的情緒莫可奈何地刺痛著身體。

明明很清楚焦急也沒有用……

「這不太妙。今天開始就要上課了……話說回來，現在幾點了？」

空太忍住呵欠，看了枕頭邊的時鐘。

時鐘的針指著四點半。

「根本還是半夜嘛。」

他揉了揉惺忪睡眼。雖然想睡個回籠覺，但這種心神不寧的感覺揮之不去，應該是無法輕易地逃到夢的世界去了。

「唉……」

空太嘆了氣又用力地吸了口氣，結果發現房裡的空氣混著一種不常聞到的味道。雖然不是陌生的味道，但對空太而言並不是那麼平常的東西。

「這個是……」

大概是顏料或塗料的獨特味道。

為什麼這種味道會出現在自己的房間裡呢？

空太感到不可思議地環視微暗的房內，側面的牆壁散發出異樣的存在感。到昨天為止一如往常的單調樸素壁紙，現在則是一整面都被畫上了畫。

最引人注意的中央部分，是一隻以一雙後腳站立著的貓型巨大機器人，而在它周圍的則是無數看似敵人的貓型巨大怪獸。構圖及用色夢幻可愛，卻有種殺氣騰騰的氛圍，令人很感興趣。這是秋季新節目的宣傳看板嗎？

「這是什麼啊？」

可以的話真希望這只是一場夢。不過空太很清楚，在這個櫻花莊裡，住著能夠像呼吸一樣自然地做出這種程度惡作劇的外星人。如果要問夢與現實哪邊的機率比較高，很遺憾地只能說是現實。

空太正想著要如何處理牆上的塗鴉時，為了撿來的七隻貓而半開著的房門，突然由外側以驚人的氣勢被打了開來。

「早安～～學弟！」

今天也帶著高昂的情緒來到房裡的，正是以201號室為據點的外星人上井草美咲。她那絲毫感受不到罪惡感、像太陽般的笑容令人感到刺眼。不知道是不是已經準備要去上學了，只見她穿著制服，肩上揹著書包。

一早起來就要面對美咲這號人物，實在是對身體不太好。

「我討厭這種醒來的方式，所以請讓我重來一遍。」

空太趴倒在床上，以枕頭矇住頭。

「已經天亮了喔！學弟！要去學校了！」

「四點半還算是晚上！」

「超過三點就是早上了！」

美咲使勁地扯著枕頭。

「三點根本還是昨天啦！」

「從今天開始就是第二學期了，為什麼學弟這麼沒精神啊！為什麼想跟枕頭交往啊！把我的學弟還來～～！」

美咲說著這些莫名其妙的主張並搶下枕頭，空太的防禦力也因此一口氣往下掉。

「來吧，學弟，讓我們更加亢奮吧！去學校囉！」

「學校都還沒開始營業呢！」

空太邊這麼說著邊起身。因為回應了美咲，使得他現在已經完全清醒了。

面對雙手扠腰的美咲，就看到她背後一整面牆上的塗鴨。空太在心中深深嘆了口氣。真希望這只是一場夢。

「等一下請仔細把這個清乾淨喔。」

「這可是『銀河貓喵波隆』耶！」

「我連一咪咪都不想知道！」

「這是從我幼稚園大班開始就一直珍藏到現在的長篇動畫角色，中間的是主角機器人『喵波隆』喔！是為了保護地球免於宇宙侵略者喵咕嚕星人為害的決戰兵器，原本是打倒二十年前最早來到地球的喵咕嚕星人後，研究並培養其體細胞，後來時空扭曲而完成的地球科學與宇宙侵略者的融合機器人。順帶一提，全長是三百三十三公尺，跟東京鐵塔一樣喔！很好記吧！」

大概是為了比較尺寸，美咲還在喵波隆的旁邊仔細地畫上了東京鐵塔。老實說，這根本就不重要……

「我今天原本預定要稍微嚴肅又慵懶地度過這一天的！全都被學姊搞砸了！請把我青春的憂鬱還來！」

剛醒來時的倦怠感因為美咲的登場而被徹底粉碎，已經不知到哪去了。看來在櫻花莊，就連沉浸在感傷裡都不被允許。

「既然你這麼想知道，那我就告訴你好了！關於喵波隆的開發背後，其實是挑戰嚴苛的試煉，以及獻上熱情、生命與靈魂的男性們的熱血連續劇！」

「是的，這我當然很清楚。我很清楚就憑我是絕對阻止不了美咲學姊的……」

美咲已經完全沒在聽空太說話了。

「喵波隆的開發完全就是一連串的試煉！開發中因為意外而失去夥伴，因為日程的耽誤而被削減了經費，理論已經完成了卻因為無法啟動等失敗不斷，導致現場士氣低落！終於，有幾名開發者放棄完成工作，決定離開工廠。在這時候，現場監工『貓又』說話了：『你們幾個離開這裡之後，接下來要做什麼工作？啊，無所謂。我並沒有要挽留你們的意思。只是啊，既然要咬牙做些什麼事，要不要跟我一起做能夠名垂青史的工作？這樣才對得起已經死了的那些傢伙們啊……』貓又的一番話，再度喚回現場的活力！」

「果真像是男人之間的熱血連續劇啊！根本就充滿了昭和年代的味道！」

「如果要全部說明完畢，大概需要花五個小時左右喔～怎麼樣？」

「雖然我稍微有點興趣了，不過還是務必容我婉拒！」

「那麼，就繼續喵波隆的話題囉。銀河貓喵波隆的概念，就是以冷硬派以及又冷又硬為賣點喔。」

「這個話題也不用繼續！而且概念根本就莫名其妙！這是什麼啊！現在的我到底是什麼啊？我是被捲入什麼狀況裡了啊……拜託，誰來告訴我！然後，救救我！」

這殷切的願望沒能傳達給任何人。

「要成為喵波隆的駕駛，需要有特別的資格，只有跌入過人生最谷底的人才能搭乘。」

「這是什麼設定啊！」

「為了讓動力的消極反應達到臨界點，就必須有很心酸的人生經驗啊！所以，在第一話最開頭，主角貓介十年的戀情修成正果，要與女主角貓子幸福地結婚。但是結婚當日，第二喵咕嚕星人打破二十年來的沉默現身，再度侵略地球，太危險了！貓介的哥哥貓吉就在眼前被喵咕嚕星人殺害，貓介哭得一把鼻涕一把眼淚，燃起熊熊的復仇之心，為打倒喵咕嚕星人而站出來！」

「那個～順便請問一下，這個話題大概會持續幾個小時？」

「大概花個三天就能講完了。」

美咲那似乎很開心的表情，現在看來令人害怕。

「請馬上停止！不然我會明明四點半就起床，上學卻還是遲到的！」

「可是！喵咕嚕星人是擁有超越人類肉墊的存在，別說是人類用肉身抵擋了，就連坐上戰鬥機都沒有勝算喔。」

「什麼是超越人類的肉墊？人類本來就沒有肉墊吧？」

「貓介想了又想，終於下定決心！這裡可是第一話最精采的地方喔！貓介愛情長跑了十年，終於走到婚姻這個階段時，沒想到他竟然向貓子提出離婚！只為了體驗人生的最谷底！『我絕對饒不了肉墊。抱歉。我不求妳能瞭解。妳就恨我吧。再會了。』他這麼說完後，便從貓子的眼前消失了！之後，他傘也不撐，任憑雨水打在身上，並躲在巷子裡啜泣！」

「貓介這到底是什麼樣的情緒起伏啊！哪裡冷硬派以及又冷又硬了啊？還再會了咧，這種話連用古代語的人都不會這樣講！」

「然後，成為喵波隆駕駛員的貓介！」

「——就致力於與喵咕嚕星人的戰鬥之中了，真是可喜可賀，可喜可賀。好，結束！」

「學弟，真是太沒勁了～看我的情緒低落讓你很開心嗎！」

「完全看不出來有低落的樣子啊？這些梗請去對仁學長說吧。請他幫忙寫劇本，然後製作成動畫不就好了嗎？」

「……話是這麼說沒錯啦。」

「嗯？咦？」

這會兒美咲的情緒真的變得低落。她一副無精打采的樣子，輕輕地在空太旁邊坐下。

「……可是仁都不回來。」

看來是完全踩到地雷了。

「都在外面過夜……」

抱著膝蓋的美咲縮成一團。

「啊、不，那是那個……對不起。」

「現在正與其他的女人在一起……」

美咲對心儀的青梅竹馬三鷹仁，內心抱著從她暴風雨般的個性難以想像的純真感情。

因為實在看不下去，空太的視線逃往牆上的畫作。得趕快想其他的話題，再這樣下去，美咲的情緒會越來越低迷。

「學姊，那個！那個是什麼！」

他指著牆上的一點。左邊畫著一個駝背、嘴裡吐著煙、體格大一號的壯碩喵咕嚕星人。豎立的毛就像豪豬一樣。

「喔～真不愧是學弟！著眼點就是不一樣！那是六人大幹部的其中一名『貓背艾因』！」

結果，美咲一下子又活了過來。

「順便一提，六人大幹部的其他人分別是『貓眼茲拜』、『貓口鐸萊』、『貓舌菲亞』、『貓飯芬夫』以及『女子格鬥（註：Catfight）貓吉』。」

「裡面有一個人的名字感覺沒有一致性。那不是貓介去世的大哥名字嗎？」

空太對特意記得名字的自己感到怨恨。不過如果美咲能因此恢復精神，這根本不算什麼。

「這就是爆點！其實貓吉還活著而且背叛了他們！」

「咦？為什麼？」

「其實貓吉一直單戀貓子！貓介向貓子提出離婚害她哭泣，貓吉的怒氣就爆發了！」

人際關係沒必要地複雜。貓介為了替貓吉報仇而決心一戰，沒想到這樣的決定卻促使貓吉成為敵人。而且，原因還是女人……感覺不該是一大清早就過來認真解釋的故事。

「回到前面的故事，第三話就早早登場的大幹部『貓背艾因』的戰鬥力十分驚人，人類有六成會滅亡喔！」

「那根本就完全沒保護到人類嘛！」

「而且，貓介在坐上喵波隆之前就被瓦礫堆給壓死了！」

「他不是主角嗎！」

「地球的命運將會如何！」

「乾脆直接滅亡算了。」

「但是，還是存在著希望的曙光。體驗過人生最谷底的不只一個！在幸福的頂端被提出離婚的貓子，決定要成為喵波隆的駕駛了！」

「貓子根本就不只是在人生的最谷底吧……新婚沒多久就被提出離婚，而前夫又死了，根本就是身心俱疲的狀態，這樣當駕駛沒問題嗎？應該正意志消沉吧？」

「學弟，女人是很堅強的！而且，貓子原本是航空自衛隊的戰鬥機組員，身為駕駛的判斷能力也很出眾又超強！貓介根本完全比不上！」

「這樣的話，一開始就讓她坐上去不就好了！把貓介還來！」

「你真是不懂啊～～學弟。就是貓介的死才讓貓子跌入修羅之道的深淵，並且使她變成燃燒著復仇心的女人。女人的怨恨是很可怕的喔！會死纏爛打喔！是不乾不脆的喔！是很麻煩的喔！他們剛開始交往大概一年的時候，貓介劈腿了一個年輕的女孩，貓子可是去甩那女孩子耳光，而不是掌摑貓介的那種女生喔！」

「可怕！貓子真是太可怕了！這樣的傢伙當主角好嗎？會有收視率嗎？不會對小孩子的心理造成陰影嗎？」

「貓子每回都是以惡鬼般的表情把喵咕嚕星人撕碎後丟出去，周而復始，偶爾則是會使出眼鏡蛇纏身固定（註：摔角招式之一）！」

「貓子真強啊～真是厲害～」

要配合美咲也差不多到極限了。再這樣下去腦漿會溶掉。

「雖然很唐突！」

美咲將手指向空太。

「我有話要先跟學弟說好！」

「還真是有夠唐突！」

指著空太的手指往旁邊移動，停在時鐘的方向。

「那個鐘已經停了喔。」

「啊？」

空太聽了再次確認了一下放在枕頭邊的鐘。秒針真的一動也不動。

「哇！現在到底幾點了？」

他慌張地抓了手機，注視著液晶畫面。電子顯示已經八點了。

已經是不趕快準備上學就慘了的時間。難怪覺得就算房間裡沒開燈也很亮。

「時鐘的電池沒電還挑得真是時候啊……」

「那你就錯了，學弟！」

「什麼錯了？」

「時鐘的電池是我幫你保管了！」

美咲高高地舉起3號電池。

「請不要這麼費工夫地惡作劇！」

空太這麼叫著，拋下美咲衝出房間。現在不是抱怨的時候了。

從這裡到學校的距離徒步大約是十分鐘，平常是八點二十分走出宿舍。雖然現在開始趕快準備的話還是來得及，不過那是指只有空太一個人的情況。

空太有個非照顧不可的對象，那就是住在櫻花莊202號室的椎名真白。叫醒她要花五分鐘；整理好睡翹的頭髮要五分鐘；讓她換衣服要五分鐘；莫名其妙的對話要花五分鐘；讓她吃早餐要花十五分鐘；叫醒又睡著的她要花十分鐘；再度進行無法理解的對話需要五分鐘。包含其他不確定的因素，從現在開始準備絕對來不及。

空太想著避免遲到的方法，在走廊上奔跑，卻被從後面跟上來的美咲輕鬆地追過。

「我出門囉～～！」

美咲精神飽滿地衝出玄關。空太沒有目送她離開，而是直接跑進廁所洗臉。沒想到這時他的腳踩到了某種柔軟的東西，因此嚇了一跳，瞬間停止了動作。

他戰戰兢兢地確認廁所的地板，發現有東西掉在地上。那是女性睡衣的上衣及褲子。蕾絲短襯衣，跟襯衣成套的純白內褲皺成一團，被隨意地丟在地上。

空太並不是覺得害羞或慌張，他只是仰首長嘆。

空太很清楚這些東西的主人是誰，因為睡衣跟內褲都是昨天他為真白準備的……有看過的印象是理所當然。

「脫成這樣到處亂丟。」

又不能置之不理，於是空太撿起睡衣，收拾短襯衣。

「我是老媽子嗎？」

最後，他伸手去撿皺成一團的內褲。

在這瞬間，因為意料之外的情況而讓他的心跳加速。

拿在手上的布料，竟然有些熱熱的。

還殘留著人的體溫。

「等一下、這個？」

是剛脫下來沒多久的新鮮內褲。

空太的手心開始莫名地冒出汗來。

「居然亂丟這種東西！」

不趕快處理掉內褲的話就不妙了。

「這種時候要是被誰看到了……」

人生就會徹底完結。

這時空太背後有個絕望的腳步聲靠近。

「要是被看到了會怎麼樣？」

空太筆直地挺著背脊，只把頭轉過去。

站在廁所前的，是這個夏天搬到２０３號室的同班同學青山七海。她已經穿好制服，做好要出門的準備。不愧是優等生，看來完全不需要擔心遲到。

七海看著空太的手邊。空太手上拿著整套的睡衣、襯衣以及皺成一團的內褲。

「我有話想先說在前頭，妳願意聽嗎？」

「應該是『最後的遺言』吧？」

七海不知為何笑咪咪的，也許是心情很好吧？

「不、不是啦！是值班的工作！」

「客觀看起來並不像是這樣喔？」

七海的笑容令人害怕，眼睛並沒在笑。

「不、不然的話，客觀看起來像什麼？」

「變態。」

七海毫不猶豫地回答。

「是從蛹變成蝴蝶？」

「是從人類變成人渣。」

等待著空太的是輕蔑的眼神。

「真的不是那樣！是椎名脫了以後就亂扔！」

「喔～～還把享受體溫的事歸咎到真白身上啊。」

空太慌張地把睡衣跟內衣褲丟進洗衣機裡。

現在可不是聽七海教訓的時候了。空太想起自己得趕快準備去學校才行。

「話說回來，椎名呢？」

彷彿回應著空太的聲音，浴室的門打開了。

「叫我嗎？」

從浴室冒出來的熱氣流進廁所，讓鏡子起了霧。空太反射性看向發出聲音的方向。

蒸氣中站著全裸的真白。纖細結實的好身材，以及雪般白皙的肌膚，照亮了空太的視野。

真白看著空太；空太也看著真白。彼此都眨了兩次眼睛。

空太既沒發出叫聲，也不驚慌失措，只是不發一語地由外側「啪」一聲關上浴室的門。

「好。」

「剛剛那一段到底哪裡『好』了！」

雙手扠在腰上的七海往上瞪著空太。

「如果以為我每次都會因為令人心驚膽顫的意外而陷入恐慌的話，那就大錯特錯了。」

「這應該不是邊流著鼻血時該講的台詞吧！」

「咦、不會吧？」

擦拭起霧的鏡子，空太照了照自己的臉。沒想到真的流鼻血了，他慌張地拿起衛生紙塞住鼻孔。

空太身後的浴室門被稍微打開了。透過鏡子一看，真白彷彿由巢穴窺探著外面狀況的小動物一般，從縫隙間露出了臉。

「空太是內衣賊？」

「才不是！」

「偷窺？」

「那只是單純的意外！」

「你想看嗎？」

「如果妳要讓我看的話！」

空太已經自暴自棄，乾脆回答出真心話。

「不要一豁出去就開始承認！」

結果被七海罵了。真白則是一副陷入思考的表情。

「真白也不要認真思考了！」

「如果空太無論如何都想看的話……」

「好～那麼，我無論如何都想看！」

「不要得寸進尺！真白趕快換衣服！」

空太被七海掐住脖子帶離開廁所。

「椎名，動作快一點喔～」

空太這麼叮嚀之後便關上門。他已經做好心理準備要聽七海說教了。但是，七海只是小小地嘆了口氣。看來她感到厭煩了；已經放棄了。與其這樣，還不如被破口大罵要來得好些。

「我要出門了。」

「算我拜託妳，至少也罵我一下吧！」

「神田同學，你最好重新檢視一下自己的發言。雖然大概已經太遲了。」

七海真的已經受不了了。

「不是！我的意思是要妳別放棄我。」

「反正也已經沒時間了，所以就先算了。從今天起我還有委員會的朝會要參加呢。」

「嗯？委員會？」

「文化祭執行委員會。」

「哇～妳真是攬了個麻煩的東西啊。」

空太就讀的水明藝術大學附屬高校，簡稱水高的文化祭因為與大學共同舉辦，所以規模遠不同於一般普通高中而非常有名。每年十一月三日的文化節開始，會持續舉行一週，並且與紅磚商店街合作，與其說是學校活動，熱鬧高潮的程度倒比較像是商店街的祭典，當然也是這個區域最盛大的活動。

因此，文化祭執行委員的工作涉及多方面，雖然是一份很值得做的工作，但任務的繁重也是眾所皆知。

「青山妳沒問題嗎？」

如果只有課業跟委員會的話還用不著擔心，但是七海還要打工賺取生活費，而且為了實現夢想還在聲優訓練班上課，負擔沉重，就身體而言應該是相當辛苦的。

因為七海有過硬撐而倒下的前科，所以空太有些擔心。

「沒問題的。」

「青山的沒問題實在是不太能信任。」

「被你這麼一說，我也無話可說……如果真的忙不過來，呃……我會拜託神田同學……」

氣勢低落的七海聲音變得微弱，飄盪著不安的眼眸，彷彿在察言觀色般往上看著空太。

「不行嗎？」

「不、不會啦，當然可以。」

在這樣的七海面前，空太總是會變得不太對勁。也許是因為她平時給人強烈沉穩可靠的印象，所以被她拜託更是令人加倍感到開心。

「你這麼說的話，我真的會來拜託你喔？」

「喔，好啊。」

「你可不要忘了自己剛剛說的話。」

「我知道了，妳趕快出門吧，別遲到了。」

「神田同學才是吧。學校見了。」

七海輕輕揮了揮手，踏著愉快的腳步出門去了。不知道是不是發生了什麼好事。

「看到你們真讓人一早就感到噁心啊。」

一邊這麼說著一邊從管理人室走出來的，是在櫻花莊裡一起生活的美術老師千石千尋。頂著稍濃的妝，穿著帶有年輕氣息、設計華麗的套裝，整個人精神抖擻。是因為今天是第二學期的第一天呢？還是因為晚上有聯誼活動呢？不過，不管理由是什麼，其實一點也不重要……

「對學生不應該說感到噁心這種話吧。」

「神田，如果你第一天上課就遲到，我會讓你的心靈受到無法抹滅的創傷的，你最好先做好心理準備。」

「該怎麼說呢？老師實在是太厲害了。就某種意義上來說，讓我感到很尊敬。」

「你的生活態度不佳，我的評價可是會跟著往下掉的。這你明白吧？」

雖然她是這樣的人，在學校中卻被認為是可靠的老師。這世間真是錯得離譜。

「把真白跟赤坂也帶來學校。」

「幹嘛順勢又給我加上難題啊！椎名就算了，赤坂是不可能的！」

住在空太隔壁１０２號室的赤坂龍之介，具有極度繭居族的體質，已經五個月以上沒到學校去了。甚至連在櫻花莊裡也見不到他的人影，有時會陷入赤坂龍之介這號人物其實根本不存在的錯覺。

「你真是冷淡啊。應該要好好珍惜朋友。」

「老師才應該要好好珍惜學生！」

「才不要～～又沒有任何好處。」

千尋說了這些實在駭人聽聞的話之後，就迅速地出門去學校了。

被留下來的空太，對著在走廊底端的１０２號室房門叫喚著：

「喂～～赤坂～～今天開始就是第二學期囉～～」

想當然，並沒有任何回應。

空太心想至少用簡訊告知他一下，於是回房裡拿了手機。

——今天開始就是第二學期囉。

結果，對方以異常的速度回覆過來。這恐怕是自動郵件回信程式的ＡＩ女僕吧。

——現在龍之介大人正在專心地檢驗收音機體操第二當中，大猩猩般的動作究竟有什麼樣的意義。因此，雖然是空太大人特意的來信，但我無法轉達給龍之介大人。特此致歉，盼能獲得您的理解。想替他蓋章的女僕敬上

就如同空太所預料的，回信的並不是龍之介。龍之介到底想做什麼？不，這個應該是那個吧。應該是女僕的玩笑話吧。大概是這樣。就當作是這樣吧。

空太立刻放棄龍之介，轉而回到廁所前。他這次則是出聲叫喚真白。因為已經過了有點久

的時間，她應該已經換好衣服了。

「椎名？衣服穿好了嗎？」

「空太。」

「還沒的話就動作快一點。會遲到的。」

「把要換上的衣服拿過來。」

「現在才說這個嗎！這幾分鐘妳都在做什麼！」

「光溜溜地站著。」

正想往二樓走去的空太聽到背後傳來這樣的話，差點沒跌倒。

他從真白房間的地板上撿起制服上衣、皮帶、裙子及襪子，還有粉紅色的內衣褲，為了慎重起見還拿了條浴巾，走回廁所。

接著從門縫遞給真白。

「制服？」

不知為何，真白用疑問句回應。

「我姑且還是說明一下，今天開始是第二學期了喔。」

「……第二學期？」

總覺得她好像是在說一個陌生的詞彙。

「妳知道第二學期嗎？」

「至少名字有聽過。」

「喔。」

「我沒吃過。」

「如果真的吃了就會搞壞肚子啦！」

「這樣嗎？」

「夠了，趕快穿制服！要是遲到了，心靈就會被迫受到無法抹滅的創傷啊！」

空太這麼說著催促真白，然後回到自己房裡換好衣服，拿起書包再走到二樓。接著在之前暑假期間休息了一陣子的真白書包裡裝了東西，又立刻跑到一樓。

為什麼會一早就像接受懲罰遊戲般來回奔波呢？剛起床的時候，明明還那麼有氣無力……現在完全變回平常的狀態了。

空太回到一樓時，換上制服的真白走出廁所。只是她的頭髮還濕漉漉的，襪子也只穿了一邊，制服上衣的下襬有一半邋遢地露在外面。

「啊～～真是的～～妳衣服也穿好一點！」

「是空太說要動作快的。」

「給我完全弄好再出來！」

他拿出浴巾擦拭真白的頭髮，因為沒有時間了，所以放棄吹風機。接著拿起放在廁所籃子裡的襪子，蹲在真白面前要讓她穿上。

「來吧，把腳抬起來。」

真白抬起已經穿了襪子的右腳。

「妳在耍我嗎！」

「我沒有。」

「不然妳是什麼意思！」

「不知道。」

「請誰來給我個頭痛特效藥！」

這次真白抬起了左腳。空太在白皙纖細、滑嫩富光澤的腳上套上襪子。上衣則讓真白自己整理好之後，準備完畢……才剛這麼想，他突然在放著襪子的籃子裡，發現一件被遺忘的東西。粉紅色的內褲。

「喂……」

真白正想先走出廁所。

「空太，會遲到喔。」

「在那之前，先穿上內褲！」

「遲到也沒關係嗎？」

「那種事根本就無所謂！」

不願回想的往事，在空太的腦海中甦醒過來。

那應該是四月時發生的事。當時曾經發生過真白忘了穿內褲就去上學的大事件。那天空太滿腦子只想著內褲，悽慘得很，所以絕不想再碰到那樣的事了。

他把內褲遞給真白。

「明明是空太說要快一點的。」

「那也不能把比性命還重要的東西省略掉！」

真白對於空太令人感激的指正毫無感謝之意，心不甘情不願地向前微微彎腰，就在空太的眼前把雙腳穿過內褲。

對於這自然的動作，空太忘了把目光別開。

真白一邊拉起內褲，一邊挺起上身，然後以微翹臀部的姿勢把手伸進裙子的兩側，把粉紅色的布料往上拉到重要部位。接著她的手就在裙子裡這個對空太而言是未知的空間蠕動了起來，之後便一副弄好了的樣子，調整裙襬並將雙手抽出來。

「妳、妳、妳！妳！妳！」

「模仿海狗真是不像（註：日文中「你」的第一音節音似海狗的叫聲）。」

「我才沒在模仿！妳等我出去以後再穿！害我嚇一大跳，真是的！」

「空太突然變得很奇怪。」

「要是看到很多東西怎麼辦！」

真白看了一下裙襬。

「你看到了嗎？」

「雖然沒看到，但是妳也該多少小心一點！」

先不說看到或沒看到，光是把手伸進裙子裡東摸西摸的畫面本身，就足以引發想像力，實在是不妙。

「妳也該有些自覺吧？」

今天起是第二學期，馬上就要開始學校生活了，這樣根本就不知道真白會做出什麼好事。

「沒問題的。」

「完全無法信任。」

「空太總會想出辦法來的。」

「不要一開始就要靠我！真希望妳多少懷疑我一下！」

不理會拚了命的空太，真白大概是對於對話膩了吧？只見她把頭轉到旁邊去。

「空太。」

「幹嘛啦！」

「快遲到了。」

「被妳這樣說，還真是令人火大！」

空太想起已經沒時間了，於是牽著真白的手往玄關奔跑出去。

現在已經超過八點三十分。

全力衝刺的話說不定還來得及。不過真白腳程之慢，空太已經在暑假時見識過了。而且還不只是慢，要是空太不拖著她，她根本連跑都不跑。如果牽著手相親相愛地一起上學，一定會在校園裡傳開。

「這樣的話，就只能使出絕招了。」

空太將視線朝向放在玄關旁的腳踏車。那好像是幾年前的畢業生不要了就丟在那裡的東西，就像畫裡媽媽騎的腳踏車，老舊且生鏽得厲害。不過，在這種時候只要能動就好了。

他把兩人的書包放進籃子裡，跨上坐墊。

「椎名，後面！快點快點！」

真白一聲不響地側坐上去。

「抓緊點，可別掉下去了。」

真白雙手環抱住空太。從空太的腰部到背上，覆蓋上了體溫。真白明明長得很纖細，但身體卻很柔軟。可能也跟剛洗完澡有關，她的身體溫暖且傳來舒服的香味。

「不要黏得那麼緊！會害我手晃動發生意外的！」

「空太老是說些任性的話。」

「真想找個可以信賴的機關來審判哪一方說的話比較正確啊！」

為了不要意識到背後的觸感，空太在踩踏板的腳上使勁地施力。

開始前進的腳踏車，下了櫻花莊前的緩坡後逐漸加速。

風吹過微微出汗的肌膚，令人感覺舒服。雖然溼度還很高，但九月初的空氣已經帶有秋天的氣息，蒼白的天空也遍佈讓人感受到接下來涼爽季節的薄雲，連綿至遠方。

這讓空太莫名理解暑假已經結束。同時對長假的依戀不捨，也與天空的雲一樣漸漸消失。

比起去年剛放完暑假時感到倦怠、覺得麻煩或者想要時光機等，心境上完全不同。是挑戰企劃甄試讓自己有所改變嗎？還是與真白的相遇讓自己改變了？實在搞不懂。雖然不懂，但是現在能很清楚地感覺到自己的心正渴望著前進。

心裡無可救藥地刺痛、焦急，想要向前奔跑。

所以，第二學期已經開始的這個事實，讓空太覺得很舒服。踩著腳踏車的實感，也不可思議地帶來了充實的感覺。

早晨感受到像在漩渦之中的焦躁，在這一瞬間也成了空太的原動力。

「那個，椎名。」

「空太馬上就不守信用了。」

空太曾經答應過她兩人獨處的時候要叫她真白。

「那個，真白。」

空太還是有些緊張。

「什麼事？」

「連載要好好加油喔。」

「嗯。」

空太覺得真白環抱自己的手多用了點力。不，也許只是錯覺吧。

「空太也是。」

「嗯？」

「我會為你加油的。」

對於真白出乎意料的發言，空太什麼也沒辦法回答。

身體中心溫暖了起來，即使想要忍耐，臉部表情還是不禁竊喜。之前從來不知道，原來被人鼓勵支持著是這麼令人開心的事。

他踩著踏板的腳卯足全力。這次清楚地感覺到，真白為了不被甩落，把身子靠得更近了。

自己總是因為真白而動心。一開始，是對她虛無飄渺的印象感到心動；很快地，又對她生活破綻百出的程度感到愕然；當意識到的時候，則是因為她專心努力的樣子而感到焦急，不知不覺間，自己也開始想要做些什麼事了。

對真白不經意的動作或行為感到小鹿亂撞，已經是家常便飯。不久之前，他還因此覺得自己很沒出息。不過現在不一樣了，現在會覺得這樣的時光是快樂的。

首先得把程式學好，當然也要繼續進行企劃的立案，下次想試做個能玩的東西。並不是因為盤算著有利於提報之類的，只是純粹想要做些什麼的想法，已經在空太心中萌芽。

經過兒童公園的時候，真白把頭靠在空太背上。空太因為不祥的預感而回過頭去，果然跟料想的一樣，真白閉著雙眼，每次規律地呼吸時，肩膀就會微微地上下起伏。

「不准睡！」

「我沒在睡。」

「那就好，真的不能睡喔？」

兩側的景色流洩而過。

「你跟七海在聊些什麼？」

真白仍舊閉著眼睛問道。

「你們在浴室的前面好像在講什麼。」

「嗯？喔，那個啊……文化祭啦、執行委員啦，這一類的話題。」

「只有這樣？」

「是啊，怎麼了嗎？」

「那就好。」

「不，我可一點都不好。」

「因為空太跟七海感情很好。」

「我覺得並沒有特別好啊。」

「不用辯解了。」

「我沒有在辯解！那麼，換我問妳，為什麼妳突然要早上洗澡？」

這是真白自從四月來到櫻花莊以來，第一次在早上洗澡。

「因為頭髮沾上了顏料的味道。」

「妳還真是喜歡一大早就畫畫啊。」

「我以前就想嘗試壁畫了。」

咦？剛剛真白說了什麼？

壁畫。她確實是這麼說的。

「等一下！」

因為紅燈亮了，空太緊急剎車。真白則基於慣性法則，整個體重壓了上來。

「鼻子被壓爛了。」

「那種事一點都不重要！壁畫是指我房間那個嗎？」

「是啊。」

「原來妳也是共犯！」

「因為空太也沒說什麼。」

「睡著了當然不會說話吧！」

「一般都會醒來。」

「妳沒有資格說一般這種字眼！」

如果是平常一定會醒來。不過，昨晚剛經歷了企劃甄試這個生平第一次的體驗，似乎是累積了遠比自覺到的還要多的疲累。如果準備期間也包含在內，空太幾乎一整個禮拜都持續在緊繃的狀態，那條緊繃的線一旦斷了，會睡死也不是什麼不可思議的事。

「貓背艾因畫得很好。」

「那個豪豬是妳幹的好事啊？」

「他很強。」

「請問他是怎麼個強法啊？」

空太已經覺得怎樣都無所謂了。

「會發射東西。」

「從哪裡？發射什麼？」

「精神創傷。」

「真想看看他是怎麼發射出來的！」

「他是來打倒喵波隆的。」

「妳為什麼會這麼起勁？妳是美咲學姊世界的粉絲嗎？」

「我喜歡美咲。有趣又可愛。」

「我也覺得她不是壞人。只不過，非常會給人找麻煩而已！」

就這樣，空太邊跟真白進行莫名其妙的對話，邊等待著綠燈亮起。一位騎著腳踏車、年約三十歲的男警察過來停在旁邊。

由於眼神對上了，雙方便輕輕點頭致意。

「啊，您好。」

「你好，早安。」

對方爽朗地回打招呼。在這個城鎮，與鄰居的往來也是很重要的。

綠燈還沒亮。

警察發現坐在後面的真白，正要開口說話時，空太搶先一步向他攀談。

「都已經九月了，卻還這麼熱呢。」

「嗯？啊，是啊。」

綠燈終於亮了。

「那麼，我們要去學校，先走了。」

空太規矩地點頭致意後，一臉裝作不知情地踩起踏板。

「好的，請小心喔……啊、站住！還是給我等一下！兩人共乘太危險了！」

「可惡，沒辦法瞞混過關嗎！」

收起笑容的警察，站著踩踏板追了上來。

「請放過我們吧！」

「法律在任何人面前都必須是平等的。」

「我覺得現在這個狀況不適合說這麼誇張的話！」

空太覺得多說無益，雙腳使盡全力加速。

「站住，不准逃跑！少年！」

「如果我遲到了你要負責嗎！」

「那不是警察的工作。」

「那麼很遺憾，我們是無法相互體諒的！」

空太繼續加速。

「空太。」

即使在這種狀況下，真白的聲音仍然一如往常地平淡。

「我現在正在忙！」

「是很緊急的事。」

「長話短說！」

「有個奇怪的人追上來了。」

「我早就知道了啦！」

「要報警嗎？」

「那就是警察！」

警察對逃跑的空太緊追不放。

「站住！停下來！那個一早就跟女朋友卿卿我我地一起上學的少年趕快停下來！」

「她不是女朋友！」

「不然是什麼！」

「空太是飼主。」

真白多嘴這麼說了。

「妳也該把那個認知給我改過來了！」

「那是什麼讓人羨慕的關係啊！是在諷刺高中時期念男校、度過了人生灰色時期的我嗎！饒不了你！絕對不會讓你逃走的，少年！」

警察發出了莫名其妙的吶喊。

「這是哪門子的燃燒鬥志啊！請不要夾帶私人恩怨！」

「別以為逃得了！別看我這樣，我學生時代可是以野外活動社的幽靈社員出了名的俊材，每天忙碌於聯誼的男人！」

「不管哪一段都不屬於強敵的經歷嘛！」

反觀空太中學時曾經踢足球鍛鍊身體，雖然載著真白多少有些妨礙，但自覺不會輸。或者應該說，都已經到這種地步了，絕對不能被抓到。

警察已經上氣不接下氣。

「給我站住！就算你逃走，我也已經知道你們是櫻花莊的學生了！別以為逃得了！」

「什麼！櫻花莊也被警察貼標籤了嗎！我們又不是犯人！」

「已經是預備軍了！」

「請不要說得那麼果斷！」

警察的叫聲逐漸遠去。

「等、等一下！等等……拜託你……」

追兵的速度確實變慢。空太研判這正是決勝負的關鍵點，絞盡最後的力氣再加速。大腿的肌肉開始發出哀號，乳酸堆積，腳逐漸快動不了了。即使如此，空太仍然不在意地踩著踏板。

「我……已經不生氣了……快停……下來……」

最後只傳來這樣窩囊的話，空太完全甩開了警察。

終於抵達學校的空太，無視於同學們針刺般的視線，騎進了停車場。與空太同樣第一天就差點遲到的學生太多了。

看樣子，與真白共乘腳踏車上學的事，大概今天就會傳遍全校，傳聞一定會遭到渲染，並且被大量捏造出自己完全沒印象的夏季酸甜回憶吧。

不過，今天沒閒工夫在意這個了。

因為跟警察打成平手，已經完全耗盡能量，空太像癱倒般從腳踏車上下來，坐在水泥階梯上。伸直的腳感覺快爆炸了，沒辦法馬上站起來。

他重複著激烈的呼吸，將氧氣送進體內。

「妳……先去……教室吧……」

「嗯。」

真白雖然給了肯定的答覆，卻沒有要走的意思。

「我……沒事的……」

「嗯。」

真白還是站著一動也不動。

「妳在等我嗎？」

真白緩緩地搖頭。

「室內鞋櫃在哪邊？」

「說得也是……妳就是這樣的傢伙。等一下，再一下下我就能復活了……」

調整紊亂的呼吸，空太終於站起身來。

正要與真白一起走向校舍方向時，一部圓潤平滑的輕型汽車在鐵柵欄外側停了下來。副駕駛座上下來一名熟悉的人物——住在櫻花莊１０３號室的三年級生三鷹仁。

仁揮手目送車子，直到看不見為止。接著輕鬆地越過鐵柵欄，進入學校。

仁抬起頭，注意到三公尺遠處的空太與真白，邊忍著呵欠邊走過來。

「兩位是卿卿我我地騎腳踏車通學嗎？真是叫人羨慕啊。」

「還被警察追，根本就是心驚膽跳呢。」

走到眼前的仁左臉上，有像是被抓過的傷。

「那是怎麼回事？」

「嗯？喔……被紀子發狠弄的。」

仁用自己的手指，做出在臉上抓過的樣子。看到這個動作，空太忍不住皺了眉頭；真白則是感到很稀奇似地直盯著仁的傷。

「人類是做了什麼事才會有這樣的遭遇？」

「真希望說夢話時叫錯名字可以被判無效啊。」

仁說著走向校舍。空太則帶著真白追了上去。

「不痛嗎？」

「痛到不行。」

但是，仁卻笑了。

「紀子不肯告訴我是叫了誰的名字，在車上也是不開口跟我說話。我想大概是麻美啦、加奈啦、芽衣子啦、鈴音啦，或者是留美的其中一個吧……不過我完全不記得呢～然後，就是睡得正舒服的時候突然來了這一記。」

「我想應該是美咲學姊的名字吧。」

「……」

仁瞬間語塞，但立刻又以開玩笑的語調一邊說著一邊聳聳肩。

「哎啊，空太也越來越難對付啦。」

「在傷痕消失之前都沒辦法在外面過夜了吧。」

要是被紀子以外的情人問到原因，應該沒辦法回答。

「我正在專心地摸索任誰都不會質疑的完美理由，你有沒有好點子？」

「請你就老老實實地在櫻花莊過夜吧。」

「算了，那倒也好。」

本以為會被隨便敷衍過去，沒想到仁的回答倒是很乾脆。

「反正馬上就會沒辦法在外頭過夜了。」

「發生什麼事了嗎？」

「嗯？啊……美咲那傢伙還沒說嗎？」

一牽扯上美咲，就更讓人不能大意了。

「等一下，到底是怎麼回事？有什麼陰謀嗎？」

「什麼事也沒有。」

「什麼事都會有吧！請告訴我！」

兩人說著說著，已經來到了鞋櫃。宣布第二學期開始的鈴聲響起，周圍的學生們殺氣騰騰地衝進教室。仁也說了聲「動作快一點」之後，就自己先走了。

只有真白還是以一如往常的速度換上室內鞋。

「妳動作也稍微快一點！我要先走了喔？」

要是遲到的話，千尋就會讓自己心靈受到無法抹滅的創傷。況且，普通科教室是在右邊，美術科教室在左邊，無論如何都得在這裡跟真白分開。

「空太。」

真白抓住正要跑向教室的空太袖口。

「教室在哪邊？」

「啊？」

這個人到底在說些什麼？

「教室在哪邊？」

真白以跟剛才一樣的語調重複著。

「到底要怎樣歌頌夏天才能忘掉教室在哪啊！」

對於空太的吶喊，真白微微歪著頭。

「這該不會要從校園介紹從頭開始吧……」

「嗯。」

「還嗯咧！」

就這樣，伴隨著空太深深的嘆息，第二學期開始了。

2

暑假過後，睽違四十天的教室裡，充滿了長假後特有靜不下來的吵雜騷動。

同學們競相聊著夏天的回憶。雖然幾乎所有的學生都會抱怨第二學期到來，但口中都夾雜著興高采烈的情緒，看來並沒有任何一個學生真的討厭學校。「真是麻煩」或者「感覺倦怠」，已經成了再見面時打招呼的話語。

就像這樣切換著現實的情緒。升上高二，對於暑假的應對方法也已經上手了。

不知是因為思春期，還是季節的緣故，傳到空太耳中的話題有一半以上都是男女關係。

像是回家鄉參加同學會，與之前就喜歡的女孩子再見面；成功交換了電子郵件信箱；回家路上開心地踢了電線杆然後骨折；結果昨天傳的簡訊沒有得到回覆，骨折真是虧大了；還有誰又說了些好話，所以剛剛對方回覆了之類的話題，吵吵鬧鬧的興奮不已。

其他還有像是某班的誰跟誰好像開始交往了，這個夏天好像進階到大人的階段之類的謠言也是滿天飛。關於這一類的傳言，櫻花莊最容易成為第一箭靶。

「喂，你知道嗎？青山同學為了追求神田，好像自己跳進了櫻花莊的樣子耶？」

其實根本就沒有追求空太。

「不對不對，我聽可靠的消息指出，是神田說『跟我來吧』，然後就硬逼青山搬進去。」

任意搬動行李的是美咲。到底哪一段是可靠的消息來源了？

「而且啊～聽說兩個人住同一間房間喔～啊～七海真是大膽啊～！」

為什麼事情會變成那樣？

「這個是極機密的情報喔，聽說她肚子裡好像已經有小孩了。」

被這麼光明正大地說出來，根本就不是什麼極機密……況且，根本就不可能有小孩。

「怎、怎麼可能會有啊！」

首先受不了的七海發出了咆哮。

「哎啊啊～不過，妳倒是不否認行為本身囉～」

同學也不是省油的燈。

「才、才沒有！房間也是分開的！不要做沒禮貌的想像！你們在想什麼啊，真是的！」

雖然本人想要嚴正地澄清，不過滿臉通紅一點魄力也沒有。

「神田同學也不要默不吭聲，好好說明一下！」

「哇啊～～真是莫名飛來橫禍……」

像這樣你來我往，只會讓同學更高興而已。

之後，七海應付著一直以來很要好的……高個子短髮的壘球社社員本庄彌生，以及小個子鮑伯頭的高崎繭這兩人的各種質問攻擊。她們兩人大概是從剛才七海害羞的態度判斷，認為這是可以觸碰的話題吧。

除了七海以外，還有其他櫻花莊的謠言，像是半夜潛入學校游泳池裸泳啦、想利用煙火把學校給炸了之類，許多被加油添醋的傳聞。

因此，不論是對空太或對七海而言，都是無法鬆懈的一天。

「就這樣，我的第一天非常悽慘。」

七海在飯廳裡吃晚餐時，把在學校裡發生的事對櫻花莊的成員們俐落地說明。

「今後請遵守規定，注意過著符合高中生清爽端正的生活吧。有異議嗎？」

夕陽西下，時間是晚上七點。

餐桌旁共坐著六個人。順時針依序是千尋、美咲、仁、空太、真白以及七海。餐桌上擺著鹽烤秋刀魚、燉煮茄子、冷茶碗蒸、白飯以及味噌湯。這些全都是仁一個人做的。

「你們有在聽嗎？」

七海發出低沉威嚇的聲音。

「是是。」

仁隨便地回答著。

「『是』只要說一次就好！」

「是～」

這次是美咲。

「『是』不要拉長音！」

空太看著七海，邊覺得她真是拚命，邊將鹽烤秋刀魚送進嘴裡。旁邊的真白一臉事不關己的樣子，正致力於在茶碗蒸中挖出銀杏。她將被挖出來的銀杏放在調羹上，像是要空太吃下去一樣移到他眼前。

空太覺得要唸她也麻煩，所以就默默地吃掉，銀杏特有的味道在口中散開。真白也沒特別在意，就用同一個調羹依然故我地吃著茶碗蒸。

「椎名，青山的話要聽喔。」

「為什麼？」

「青山不是說要過著清爽端正的生活嗎？也包含妳在內喔。」

「神田同學也是。」

一時大意的空太，被七海殺個措手不及。

「咦！為什麼？」

真是太意外了。

「空太也要回答。」

真白一副得意洋洋的樣子；七海則似乎越來越不高興了。反正固執也沒用，雖然不甘願，空太還是回答了。

「喔。」

「『是』就說『是』！」

千尋津津有味地喝著罐裝啤酒，嘴邊浮現笑容，看著像這樣孤軍奮鬥的七海。不管怎麼想，現在七海所做的事應該都是千尋的工作，好歹監督櫻花莊裡的問題人物，並且使他們改過向善，都是千尋被賦予的職務。

「有青山在真是幫了我大忙。」

對於千尋的真心話，七海深深地嘆了口氣。

「和平或者溫柔之類的東西，是不是掉到哪裡去了……」

七海喃喃地自言自語。

「如果我撿到了，會跟青山妳聯絡的。」

「謝謝……我會不期待地等著的。」

看來搬到櫻花莊來的第一個上課日，七海的內心就已經留下了深刻的創傷。這麼說來，去年的空太也一樣。第一學期快結束的時候被流放到櫻花莊來，過了暑假到學校去時，總覺得整個世界都變了樣……原來真的有所謂「看不見的牆」這種東西。

「總是會有好事發生的。」

「真是這樣就好了。」

七海以期待著什麼的眼神看著空太，不懂這是什麼意思的空太，總之先遞出了煮茄子。

「……妳要吃這個嗎？」

「……」

無言的七海伸出筷子，夾走了一塊茄子，看似不滿地咀嚼著。看來應該是弄錯了選項，茶碗蒸會比較好嗎？

趁著空太不注意的時候，美咲搶走了剩下的一塊。

「啊～學姊，妳在幹什麼！」

美咲吃得一副很美味的樣子。

「只給小七海實在太奸詐了～人可是生而平等的！」

「真要說的話，也請把我算進平等的同夥裡面！而且，外星人不可能講平等的！」

「我相信學弟的愛是無償的！」

「僅限於今天，我不想當好人了。」

「不過就一兩塊配菜而已，你真是吵死人了。」

「老師才不會了解我的心情！」

「神田，如果沒有配菜，吃米不就好了。」

「不要以瑪麗安東尼皇后的口氣說話（註：法國最後一位皇后。傳言她曾說過「（人民）如果沒有麵包，吃蛋糕不就好了。」惟並沒有任何歷史證據證明她說過這樣的話）！」

照她所說，空太打算以白飯填飽肚子，便拿著碗站起身來。幾乎在同一時間，通知有訪客的門鈴響了。

所有人的視線集中在正好站起來的空太身上。

「好啦、好啦，我去就是了嘛。」

就算想反抗也沒有勝算，空太便老實地去應門了。

他隨便踩著拖鞋，打開了玄關的門。

一打開門，視野突然一片光亮，他因此感到刺眼而瞇起了眼睛。

眼前站了一位少女，在月光下金色的長髮閃閃發亮；大大的眼睛，是會讓人聯想到盛夏海洋的湛藍；柔軟的臉頰向上揚起，溫柔地微笑著。

「晚安，很抱歉這麼突然造訪。」

光是與她對話、四目相交，空太就滿臉通紅，心跳加速。

她那合身的襯衫胸前豐滿，腰身又緊緊地收了起來。下半身是格子花紋的百褶裙，看起來像是哪裡的制服，給人文雅清純的印象。

「那個～」

她的年紀應該稍長。如果以一句話來形容，就是個超級美少女。而且不管怎麼看，都絕對不會是極東島國出身的人。

面對出乎意料的訪客，空太的思考完全停擺。

「該不會是被我的美貌給迷住了吧？」

不知道是不是為了緩和空太的緊張，女孩惡作劇般地笑了。

她說著標準的日語。

「I can not speak English!」

不過，空太反射性如此說完，接著忍不住把門關上。

「呼～～真是危險，真是危險。」

他擦拭著根本沒流汗的額頭。

但是，門立刻又從外面被打開。

微微往上看著空太的金髮美少女，臉上依然帶著微笑。

「我對於日語還頗有自信的……應該能通吧？」

「很抱歉。我對英語會話很沒自信，所以動搖了一下。」

「真是有趣的人啊。」

美少女手遮著嘴高雅地微笑著。不管是說話或動作，都非常有禮貌。

「妳的讚美是我的榮幸。」

「其實我並沒有在讚美你。」

「其實我知道妳是在耍我。」

「……」

「……」

莫名的沉默降臨在兩人之間。

「先不說這些，可以幫我叫真白嗎？」

「那個，請問妳是哪位？」

雖然她看起來不像壞人，不過還是有確認的必要。

「真是不好意思。我叫麗塔．愛因茲渥司。」

這個名字，以前似乎有聽過。

「是椎名的前室友？」

「是的，就是那個麗塔。」

她的笑容像花一般綻開。

愛因茲渥司跟真白的繪畫老師同姓。是偶然嗎？

正猶豫要不要問的時候，真白走到玄關來了。

「空太，怎麼了？」

真白一看到麗塔，睜大了眼睛。

「麗塔。」

「真白！」

被呼喚名字的瞬間，平常幾乎看不出情緒的真白，表情明顯變開朗了。

真白光著腳跑向麗塔，並撲到她懷裡。兩人的手環住彼此的背，彷彿在感受彼此的存在般緊緊擁住對方。

真白把臉埋在麗塔肩上，非常安心似地閉上眼睛。就像是不接近任何人的野貓，只會向自己的親兄弟姊妹撒嬌一樣──空太這麼覺得。

「妳看起來過得很好，這比什麼都重要。」

麗塔身體往後與真白分開。

「嗯，麗塔也是。」

美咲、仁以及七海，也都因為好奇而從飯廳跑出來。

「哇～好像洋娃娃。」

美咲首先說出對麗塔的感想。

「真是美人。她是誰啊？」

仁緊接著這麼說道。

七海則是不發一語，看看麗塔，再看看空太，接著將目光移向真白。

過了一會，連千尋也一手拿著啤酒罐來到玄關。

「我說是誰啊？神田……哎啊，這不是麗塔嗎？」

「好久不見了。千尋姊看來也很有精神的樣子。」

大概是認識的人吧？空太以視線向千尋提出疑問。不過千尋並沒有回答，只說了啤酒沒了，便又窩回飯廳去了。

不過既然千尋是真白的表姊，應該也見過麗塔吧？空太擅自做了這樣的解釋。

「可是，麗塔，怎麼了嗎？」

對於真白的疑問，麗塔的眼中充滿力量。空太並不瞭解這是什麼意思，卻因為麗塔所發出些微的緊張感而全身緊繃。

有種不好的預感。一般如果遠從英國來訪，應該會事先聯絡。麗塔是為了什麼而來？真白似乎連麗塔要來的事都不知道；千尋也是。

「灰姑娘的魔法有效時間已經到了。」

真白一副搞不懂的樣子歪著頭。

「換比較日式的說法，就是我從月亮來迎接竹取公主了。」

這些話足夠空太想像出一個答案了。總覺得已經知道麗塔的目的，於是下意識地繃緊身體。背後感覺得到仁與七海的情緒騷動。

還沒理解的只有真白。

「妳在說什麼？」

麗塔嘆了口氣，以下定決心的眼神看著真白。

「現在請馬上跟我一起回英國吧。」

「現在馬上？」

發出驚呼的是空太。七海也喃喃地問「為什麼」。

麗塔瞥了空太一眼，又對不發一語的真白繼續說下去：

「因為雜誌上刊載出妳的作品，所以為了成為漫畫家而來日本的事，已經被妳的父母親知道了。」

這次空太則是完全說不出話來。雖然並不是沒有料想到，但是當成為事實被擺在眼前時，總覺得全身被看不見的壓力所壓迫，彷彿聽得見刺耳的吱嘎聲。

「真白果然是遭父母反對嗎？」

七海以複雜的表情向空太耳語問道。空太好不容易才能點頭回應。

「我不回去。」

「我也猜到真白會這麼說。」

「……」

「但是，請再重新考慮。請思考一下妳的指尖蘊含了多大的可能性。即使是跨越百年、兩百年……數百年的時空而名留人類歷史的名畫，說不定真白都畫得出來喔？因為妳的指尖所創造出來的世界，正是這麼特別且具有價值。」

名垂青史的名畫。說得太誇張了。雖然空太想這麼說，但從口中發出的，卻只是任誰都無法辨識的呻吟而已。

現場不是能夠以笑來帶過的氣氛，因為麗塔毫不猶豫地將歷史這樣沉重的字眼說出口了。而真白也不否認這一點，一臉理所當然地聽著。

面無表情地盯著麗塔的真白，感覺好遙遠。在場的每個人可能都這麼覺得，所以沒有任何人開口插話。

真白不發一語，也不知道她在想些什麼。她只是從頭到尾都沒將目光從麗塔身上移開；而這點麗塔也一樣。

「請回想一下。請想起那些看到真白展示在美術館裡的畫，受到極深感動而落淚的人們。他們正等待著真白回來，他們正期盼著真白下次的作品。請回應他們的心情。」

「為什麼要說那種話？」

「這不是什麼那種話，這是非常重要的事。」

「麗塔是支持我成為漫畫家的。」

真白說著將視線從麗塔身上移開，看來很不安似的……

「那是……」

麗塔也低下頭，像是要掩飾什麼般眼神動搖。

「那是真白誤會了。我從來就沒有支持過。」

「麗塔……」

「我沒辦法再繼續看著真白把時間跟才能浪費在漫畫這種東西上面了。拜託妳，請跟我一起回英國吧。」

麗塔懇求般抓住真白的手。

「我不回去。」

真白靜靜地撥開麗塔的手。

「真白的雙親馬上就會來到日本。那樣的話，他們就會無視真白的意願，完成離開日本學校的手續，然後進行英國學校復學的準備，並且把妳強制帶回英國喔?所以在那之前，請妳再重新考慮。請以自己的意願做決定，跟我一起回英國。」

「麗塔自己回去吧。」

「在真白答應要回去之前，我不會回去!」

「回去。」

本以為真白在忍耐著，沒想到她卻伸出雙手，想把麗塔推出玄關。身體被推著的麗塔一臉搞不清楚發生了什麼事的表情。對在場的任何一個人而言，真白的行為都是出乎意料。

即使應該不是太大的力氣，不過麗塔雖沒一屁股跌在地上，卻仍然失去平衡被推出玄關外。

「真白!」

無視麗塔悲痛的叫喚，真白砰一聲關上門，然後上鎖。她自始至終都低著頭。

「請等一下!請聽我說!真白……」

麗塔兩次、三次地敲著門，只是徒然發出喀噠喀達的聲音。

真白不發一語地走上二樓。

「喂，椎名!」

雖然空太追到樓梯中間，但真白沒能聽到他的聲音。二樓傳來用力關上門的聲音。

「這該怎麼辦？」

「有什麼關係？不用理會麗塔那個女孩子。」

「青山真是冷淡啊。」

「神田同學是站在那個女孩那邊啊。」

「這並不是敵方或我方的問題。」

空太走下樓梯，回到玄關前面，感覺麗塔的氣息遠去。

「因為我很清楚，被親近的人否定自己目標的心情。」

邊這麼說著邊垂下視線的七海，很快又抬起頭，逞強地微笑著。七海以聲優為志向的事，遭到父親的反對。雖然她平常從沒露出在意的樣子，但並不是毫無感覺。

真白應該也是這樣吧。從至今的真白看來，實在難以想像，因為不論被誰反對，或者被怎麼看待，她似乎都不在意，以自己的規則完成自己決定的事。所以一直以為真白不會動搖，不會猶豫……因為不論被誰說了什麼，不論被誰怎麼看待，真白從來不會迷失自己的目標。

說不定那只是因為沒有人能進入她的心裡而已。

但是能夠對真白產生影響的人，其實是存在的。只不過那是那名叫麗塔．愛因茲渥司的少女，而不是空太……

「我去看看真白的狀況。」

七海爬上樓梯。空太正想追上去時，被仁抓住了肩膀。

「如果你有所猶豫就別去。」

「……」

空太語塞。

「如果是以這種不夠徹底的心情去叫她的話，她會以為空太你也反對她畫漫畫喔。這對真白來說，不是現在最應該避免的事嗎？」

空太踏出去的腳動不了，正是承認仁所說的話最好的證據。所以他最後決定這個情況還是交給七海吧。

「表情太陰沉了喔，學弟！小真白不是說了她不回去嗎？」

即使美咲這麼說了，空太的心情還是一樣灰暗。

他確實因為聽了麗塔的話而感到恐懼，而現在還無法應付這樣的心情。因為雖然聽說過真白是天才，但自己從沒以作品會名垂青史這樣的次元來看過她。

經過漫長的歲月，空太離開這個世界，之後即使又經過了數百年，真白自己的作品還能被人欣賞，並且帶給他們感動與共鳴，那會是怎樣的一件事?完全無法想像、無法言語，連感覺也跟不上。雖然完全搞不懂，但總覺得這比任何事都要厲害，因此才感到猶豫。

「你可不要又想些有的沒的，把事情越弄越複雜喔？雖然我不是青山同學，不過也想問空太是站在哪一邊的？」

「我是站在正義的一方喔。」

美咲朝天花板高舉拳頭。

「我並沒有……」

「那個女孩，是要來奪走公主的邪惡魔女。沒錯吧？」

想都不用想就已經有結論了。沒錯，結論已經出來了。

但是，即使知道這點，卻也太遲了。空太內心開始煩惱了起來，真白真的不用回到藝術的世界去嗎……

3

大概是因為一肚子煩惱的事，空太完全沒了食慾。他不再添飯，收拾碗盤後就迅速窩回房間去了。

為了轉移注意力，他開始研讀程式，一邊查閱函數，一邊做新的練習題。不斷重複編寫原始碼後執行，出現錯誤就重新檢視，但是結果卻連一題也沒解開。

完全無法集中注意力。中途開始便只是寫原始碼，明明知道會失敗還是執行而已。

看了時鐘，已經接近十二點。

再不趕快睡覺，明天會受不了。

睡前他準備到飯廳去喝水。當他走出房間時，自然而然地走到玄關前停下腳步。

結果，麗塔還是沒有回來。她有住的地方嗎？她吃飯了嗎？她有帶錢嗎？在不熟悉的異國不會被捲入糾紛吧？雖然日語說得很溜，但畢竟跟在英國時情況不同。再說……擁有那樣引人注意的外貌，說不定還會被男人搭訕。

一旦開始這麼想，消極的思考就停不下來。

「啊～～可惡！」

空太踩著拖鞋，衝出玄關。誰叫自己開始感到擔心了——他這麼告訴自己。但是，其實自己很明白並不是這麼回事。會去尋找麗塔，只是因為有無論如何都想問她的事。

空太完全不知道麗塔會去什麼地方。總之，先到車站去看看吧。

才這麼想著走出門口，空太就感覺到旁邊有人的氣息。背靠在石牆上蹲坐著的正是麗塔。

雖然被衝出來的空太嚇了一跳，但她還是以溼潤的眼眸向上看著空太。

「太慢了……真的是太慢了……徹底遲到了。我被蚊子咬了……」

她一邊在白皙的腳上抓癢，一邊以鬧彆扭的眼神往上望。

「說什麼遲到……我跟妳有約嗎？」

「美麗的女性有難時，男孩子就該挺身出來幫忙。」

這樣的發言聽來出奇地完全不覺得在挖苦人，大概是因為事實確實如此吧。

空太一邊道著歉，一邊向麗塔伸出雙手。他抓住麗塔伸出來的手，把她拉了起來。

「那麼，麗塔小姐，妳今天住宿的地方是？」

「沒有。」

「晚飯呢？」

「還沒吃。」

彷彿要證明這點，麗塔的肚子發出了可愛的慘叫聲。

「剛才的是那個……肚子餓了所發出的訊號。」

她感到不好意思地別開視線。

「在日本也是這樣，所以妳不用說明了。」

「如果你把你的名字告訴我，我會很高興的。」

「我叫神田空太。」

「你幾歲？」

「十六歲。跟椎名同年級。」

「那我們同年囉。看你長得這麼可愛，我還以為年紀比我小。」

「其實是麗塔小姐比較成熟，所以我還以為妳年紀比較大。」

外國人的年齡實在不容易由外表判斷出來。

「叫我麗塔就好了，空太。」

意思是指自己也會直呼空太的名字吧。

「還有就是請不要用敬語。」

看來她自己倒是沒有不用敬語的打算。

麗塔自然地微笑了。空太覺得她真是個很適合笑容的人。

「總、總之先裡面請吧。」

空太催促著麗塔進入屋裡。

空太帶麗塔進到櫻花莊後，先讓她在飯廳吃了一頓遲來的晚餐。她一句話也沒說就全部吃光了，不知道是肚子真的很餓，還是仁的料理做得太美味了？不過大概兩者都是吧。而且她還添了三碗白飯，究竟麗塔的身體裡哪來這樣的食慾，實在是個謎。

吃完飯後先讓她去洗澡，趁這空檔，空太為了準備麗塔的床而到處奔走。本來應該是讓她

咕嚕～～
……嘿嘿……

住真白的房間就好了，不過發生了那樣的事，恐怕會讓彼此感覺尷尬而覺得不舒服吧。

七海似乎已經睡了，沒有回應。

探了探久違的美咲房間，裡頭堆滿了機材與原畫用紙的小山，完全沒有能讓人橫躺的空間。正下方的空太房間被壓垮也只是遲早的事。

「要讓小麗塔過夜的話當然是Welcome！」

即使如此，美咲還是這麼說著，接著就在原畫用紙上做出床鋪，因此被空太鄭重地拒絕了。要是被麗塔認為日本是個奇怪的國家就慘了。況且就日本人來看，美咲也是外星級的規模而且是個怪人。

託付最後的希望，空太來到千尋所在的管理人室。

「撿回寵物的人要自己負起照顧的責任。我可不是你媽媽。」

「說的也是～」

空太就像這樣被拒絕了。

只剩下外宿帝王仁的房間，以及打不開房門的龍之介的房間。但是這兩個一開始就被排除在外，理由不用說也很明白。

空太回到自己的房間，首先換掉床單，把散落在地的雜誌堆好，整理出最基本的美觀。

洗完澡的麗塔走了進來。

不知為什麼，她只圍著浴巾，一身危險的打扮，染上粉紅色的肩膀非常性感。

「為什麼沒穿衣服！」

「因為我沒有換穿的衣服，可以把空太的衣服借給我嗎？」

「啊？為什麼會沒有？」

「因為我沒帶來。」

「為什麼！」

「因為原本預定馬上就要回去了，而且我想如果是兩三天的話，跟真白借就好了。」

這麼說來，好像沒看到她帶了像行李的東西。

「幾乎是空手來到日本嗎？妳膽子真是太大了！」

麗塔抱住自己的身體轉過頭去。

「請不要一直看，我會不好意思的。」

「抱、抱歉！」

空太慌張地將視線移開，伸手拿了掛在窗簾鋼軌上的洗滌衣物。雖然猶豫著不知道擅自借人好不好，不過借出男性衣物也怪怪的，於是空太就把真白的睡衣及內褲遞給麗塔。

「這是空太的嗎？」

「是的話我就是變態了。那是椎名的。」

空太走到外面去讓她換衣服。

「這麼說的話……空太是真白的男朋友嗎？」

麗塔隔著門問道。

「不是啦。」

「這麼說的話……是單戀著住在同一個屋簷下的女孩子，按捺不住爆發出來的慾望，終於青春大爆走囉？」

「既然妳以前是她的室友，就應該知道她沒有生活能力吧。」

「原來如此，空太是日本『負責照顧真白』的人啊。」

「咦！那種文化在英國也有嗎？」

「因為這樣，沒有人想跟真白住同間寢室。還有，你可以進來了喔？」

空太進入房間後，換好衣服的麗塔坐在床邊。明明是已經看慣的睡衣，麗塔穿起來有些緊，看起來像是完全不同的衣服。釦子好像也沒辦法完全扣起來，最上面兩顆釦子敞開，可以看見美妙的事業線。雖然比起只有一條浴巾要好多了，但是她穿睡衣的樣子也具有超群的破壞力。

「這裡是空太的房間嗎？」

「是、是啊。因為沒有其他空房間，所以就這裡將就著點吧。」

「我是第一次進男孩子的房間，所以忍不住興奮了起來。」

「我可是緊張了起來！」

麗塔興致盎然地環視室內。她一定在想著「貓咪還真多。」「牆上有奇怪的畫。」或是「這個人沒問題吧？」這一類的事。

尤其是觀察牆上繪畫的眼神十分銳利。

「這大概有一半是真白畫的吧？」

「這種事妳一看就知道啊？」

「因為真白從六歲開始就一起在我爺爺的畫室裡。」

看來愛因茲渥司的姓氏果然不是偶然而已。

「麗塔也是會畫畫的人吧？」

原本只是打算隨聲附和，麗塔卻明顯地把臉別開。

「現在已經不再畫了……我已經放棄了繪畫……」

一瞬間，空太彷彿看見她背上滿是傷痕。為了拭去這層不安，空太問道：

「為什麼？」

結果麗塔以像在跳舞般的腳步轉過來。

「女孩子總是有秘密的，所以不告訴你。」

她將食指抵在嘴唇上，浮現出像是快滿溢出來的笑容。

打破沙鍋問到底也很失禮，所以空太決定今天就先睡吧。到了明天，說不定會有可以問的機會。

「妳可以睡這張床，床單我已經換過了。」

現在七隻貓都聚集在這裡，一副要鞏固地盤似地賴著不走。看來牠們沒有要把地方讓出來的意思，只好請麗塔忍耐了。

「那麼，我去飯廳睡了。」

空太正要走出去時，麗塔從背後叫住他。

「把房間主人空太趕出去，自己一個人使用床鋪，這種事我辦不到。會被以為英國人不知禮數的。」

「我的思考並沒有到那樣的國家規模，放心吧。」

「反正，就請空太也在這裡睡。」

「那個……我身為雄性的機能都還很正常……這樣好嗎？」

「空太是大野狼嗎？」

麗塔以毫無緊張感的表情問道。

「應該說可以的話倒是想當當看……」

人要怎麼樣才能變得像仁那樣呢？要怎麼做才能跨越那條線？空太到現在還無法想像。

「我無所謂的，所以請一起睡吧。」

「咦！一起？」

「當然是指在同一個房間裡的意思……空太希望跟我有更深一層的關係嗎？」

「不、不，沒有的事！」

看著臉紅的空太，麗塔覺得很有趣地笑了。看來空太是被調侃了。

「請以理性來抑制慾望。你可不能突然就變成大野狼喔？」

「總覺得這樣像被處極刑似的，我還是去飯廳睡好了。」

那樣做絕對對彼此都好。

「如果空太要去飯廳睡，那我也要一起去。」

相對於外表的柔弱，她的內心似乎很頑固。這個部分倒是跟真白很像。

空太知道沒辦法說服她，只好妥協。

他把坐墊當枕頭，躺在地上睡了起來，以行動代替自己的回答。

「我睡地上，空太睡床上……」

「現在還要起來太麻煩了。」

麗塔低聲呻吟，並且往下望著。空太看到豐滿的雙峰另一邊，是麗塔有些困惑的眼神。這幅景象已經超越眼福，而是毒害眼睛了。

空太翻身側臥，背對著麗塔。

「空太是好人，而且好像是個有些害羞的人。」

雖然搞不清楚為什麼會變成這樣，但空太已經不再回應她。

他拉了長長垂下的電燈開關繩關燈。

麗塔似乎還在說些什麼，但空太不予理會。

閉上眼睛過了一會，一隻貓經過。就這毛的感覺，應該是花貓木靈吧。

「哇、討厭……請不要這樣……好癢……」

看來是麗塔也遭受到貓的攻擊。

雖然試著睡覺卻睡不著，意識還清醒著。大概是因為旁邊有女孩子在，所以覺得緊張吧。

麗塔的那番話刺痛著空太的胸口。

雖然這點也有關係，但空太很清楚不只是這樣而已。

——名垂青史的名畫。

麗塔說真白可能連那樣的東西都畫得出來。

在黑暗中，空太仰臥看著天花板。眼睛已經適應黑暗，聽得見麗塔的呼吸聲。她大概還醒著吧。

「你不是有話想問我嗎？」

麗塔主動開口問了。

「所以才來找我的吧？」

看來她已經完全看穿空太的心情了。

「椎名真的那麼厲害嗎？」

「……」

「因為我不太懂藝術。」

「……」

「咦？睡著了嗎！也太快了吧？」

「請你稍微想一下。」

「想什麼？」

「我被問及有關真白實力時的心情。」

麗塔像是鈴聲般清亮的聲音，節奏與聲調明明跟剛才沒兩樣，但空太的肌膚卻感受到房內的空氣緊繃了起來。

雖然不清楚原因，但空太瞬間頓悟自己問了不該問的問題。

而且，也覺得說不定這樣已經傷害到麗塔了。毫無自覺地……知道的只有這些。

「對不起。」

「不知道原因就道歉可是違反規則喔？」

「這我也道歉。」

麗塔輕輕地笑了。

「就只有今天特別原諒你。」

「……謝謝。」

「還有，就只有今天特別告訴你。」

「不用了，我不會再問了。」

「不……我現在覺得空太應該要知道比較好。」

那是什麼意思呢？雖然很在意，但空太沒有插嘴。

「真白是壓倒性的。」

「那是指……」

還沒有實感的空太不經意地反問，接著立刻就為自己的遲鈍感到後悔。

「幾乎到令人希望她消失的地步……」

即使在這時候，麗塔的口氣還是沒變。這反而讓空太的心萎縮了起來，將他推入看不見出口的迷宮，因為空太完全不知道麗塔是想著什麼才將這樣的話說出口的……

空太甚至不知道該笑還是該開玩笑，或者是該屏住呼吸才好，所以只能閉嘴。

「空太也請小心。」

「小心什麼？」

「待在真白身邊會垮掉的。就像我一樣……」

「……這樣啊。」

光是這樣含糊地回答，空太已經是竭盡所能了。

總覺得麗塔的心底有一片昏暗。在她內心深處延綿不絕、鬱鬱蒼蒼的森林，是別人無法隨意踏入的地方，一旦迷路誤闖，不知下場會如何。麗塔的話中，就帶有讓人如此感覺的魄力。

「不過，請放心吧。因為我一定會把真白帶回去的……一定……」

之後，空太與麗塔都沒再說話，只是在不成眠的夜裡試著入睡。

隔天早上，空太感覺到壓在身上的重量而醒來。本以為是貓，結果卻不是這樣。

從床上掉下來的麗塔撲在空太身上。

她那肉感的存在感，具有能與美咲匹敵的戰鬥力，要讓空太混亂已是綽綽有餘。老實說這種充實感，真白根本無從比較。

「麗塔，快起來！我的野性已經快從籠子裡衝出來了！」

「嗯～～什麼事啊……真是吵死人了。」

她完全睡昏頭了。

大概是誤把空太當成附有鬧鐘功能、會說話的抱枕還是什麼的，她一副想把電源關掉似地敲著空太的頭，眼睛完全沒有張開。

空太努力地想從被麗塔壓住的狀態中脫身。

這時傳來了敲門聲。

「神田同學？已經超過八點了喔，你還好吧？你醒了嗎？」

是七海的聲音。

「沒、沒事啦！我已經醒了！」

「真是的～我都說吵死人了吧。」

麗塔突然抬起臉來，依然是半夢半醒地與房門對話。

「不、不，妳現在是想做什麼？」

「神田同學才是！為什麼會有女孩子的聲音啊！」

房門被七海打開了。

七海的身後站著已經穿好制服的真白。大概是七海把她叫醒，然後讓她換上的吧。

映入兩人視野的，是正在糾纏格鬥中的空太與麗塔。

「早安。」

空太投以爽朗的招呼，但七海卻以全身都會為之凍結的冰冷視線回應。

「姑且不論你讓她過夜，這件事情也就算了。但沒想到才過了一個晚上，你們感情就變得這麼好了啊？」

「不，不是那樣的！真要審判的話，就要怪麗塔的睡相太差了！」

雖然知道這樣很沒禮貌，但空太還是推開麗塔的臉，好不容易才站了起來。

「喔～感情已經好到可以直呼名字了啊？」

空太心想糟了的時候，已經來不及了。

「空太是站在麗塔那邊的嗎？」

真白直視空太。

總覺得她這樣的一句話刺痛了自己的胸口。

「沒錯。」

空太正想說「不是這樣的」，卻被抱住自己手臂的麗塔搶先一步。

他的左手因為兩座巨峰而呈現幸福的三明治狀態。

「咿！」

空太發出變調的聲音。

「什麼！」

「哼。」

七海與真白明顯地露出了不高興的表情。

「因為他昨晚對我很溫柔。」

「不要說會惹人誤會的話！」

「神田同學為什麼每次都這樣！」

七海緊握的拳頭顫抖著。

「我只是每次都會遭遇到不幸的意外而已！」

「明明就很開心的樣子……」

真白看了看麗塔的胸部、臀部以及大腿一帶，並且噘著嘴。

「麗塔，放開空太。」

「為什麼？」

「放開就是了。」

麗塔的身子靠得更近了。

「如果真白答應要跟我回英國，那我就可以放開喔？」

真白聽了再度將視線移到空太身上。

「空太是敵人。」

「都說不是那樣了！」

「我們可是共度一晚的關係了，那樣說太過分了。」

「妳在說什麼！」

「空太也覺得真白活躍於藝術圈會比較好吧？」

「不，那個……」

空太以餘光確認，總覺得真白露出些許落寞的表情。不過，她只是雙眸微微動搖了一下而已，說不定是自己想太多了。

這時，麗塔繼續落井下石。

「事實上你確實在猶豫吧？」

「我說，那個是……」

因為被點明內心的本意，空太忍不住噤口。

「我已經決定了，我要住在空太的房間，直到真白回英國為止。」

「咦？不用跟我商量嗎！」

空太原本只打算讓她住一個晚上而已。

「我知道了。那就算了。」

真白這麼說完，逃也似地離開房門前。

「啊，等一下，真白！」

七海追了上去。

這時反倒是美咲與仁露出臉來。

「恭喜你，學弟！已經加入成人的行列了呢！祝福你囉！」

「我今天終於可以洗刷擊墜王之名了。以後就交給你啦，空太。」

兩人說完想說的話，就立刻出門上學去了。

接著連千尋都走了過來。

「神田，我從以前就這麼覺得了，你真的是有點煩人。」

「老師，那跟現在這個狀況沒有關係吧！」

當然，千尋沒有繼續爭論下去，也是很快地往玄關走去。

就算空太想追上去，卻因為被麗塔緊緊地摟住手臂而動不了。

這時真白回來了，胸前還抱著枕頭。

她大剌剌地走進空太房間，把帶來的枕頭擺在床上。

「妳在幹什麼？」

「從今天起要homestay。」

「妳選的地方也太近了吧！而且妳明明不用枕頭的！」

空太將枕頭推了回去。

「你都讓麗塔過夜了。」

「狀況完全不一樣吧？」

「我不介意喔。可以像以前一樣在睡前聊天，我可是非常樂意。」

「我都說了這是我的房間！請還給我決定權！」

之後七海也走了進來。她的背後藏著什麼東西，不，並沒有被擋住，那是她愛用的抱枕虎次郎。

「那麼，我也……」

「拜託至少青山要維持是正常人！真的算我求妳了！」

「當、當然是開玩笑的。只是開玩笑喔。是開玩笑的喔。想也知道是開玩笑的。」

「不用連講四遍！」

「反、反正，關於要不要讓麗塔小姐在櫻花莊過夜，要在櫻花莊會議上討論！」

「空太會贊成吧？」

麗塔把身子靠了過來。

「空太是笨蛋。」

真白揮著枕頭，扔向空太。空太覺得危險，所以瞬間護住麗塔，但這就不行了。

才正覺得真白彷彿忍耐著什麼般握著拳頭，接著她便抓起七海的手，一語不發地準備離開房間。

「啊，等一下，不要拉啦！」

七海的聲音很快地遠去。

空太對著已離開的暴風雨嘆氣；緊摟著空太手臂的麗塔看來也鬆了口氣。

一大早這狀況是怎麼回事……

「那個，麗塔小姐，妳也差不多該放開我了吧？」

「這其中也包含了我對你的諸多感謝與歉意，就讓我用身體來償還吧。」

「妳知道那是什麼意思嗎！」

「我對自己的身材非常有自信，所以就請以一色色兌換一萬日幣好了。」

「請不要定出好像真實存在的奇怪通用貨幣！匯率也太真實了！話說回來，妳不用再硬撐了！妳的腳都在發抖了，一定很勉強自己吧？」

空太也差不多到極限了。實在沒辦法長時間忍受這種求生不得、求死不能的酷刑，理性都快跑到遠方去旅行了。

「被發現了嗎？雖然很常受到追求，不過我從來沒有真的試過，所以很不習慣跟男孩子貼得很近。」

麗塔如此解釋著，終於放開空太的手。

頭好痛。不是物理性的，是精神面……不，總覺得物理性也開始痛了起來。

「唉～」

空太無力地垂著頭。

這時，正面感覺到有人的氣息。

「一大早就吵吵鬧鬧的，這裡是正值繁殖期的動物園嗎？」

門口有人的腳。

那是已經見慣的制服長褲，這麼說來是男孩子。仁早就出門了，而且剛剛尖細的聲音很明顯不是仁的。

那是已經睽違幾個月的聲音。

空太戰戰兢兢地揚起視線。纖瘦的腳、纖細的身體、白皙的肌膚，以及年幼的長相。站在眼前的，是位頭髮長及背部、外貌中性的少年。

「你、你、你！你！你！」

「你是說螯蝦（註：日文中「螯蝦」跟「你」的頭兩個音節相同）嗎？」

「才不是！因、因為你……這是立體影像嗎？」

「可以的話希望它早點實際運用。」

「生化義體？」

「要是有那個東西，女僕完成就指日可待了。」

「那麼，你是真的赤坂？」

空太最後一次見到他是在春假之前，已經睽違了五個月。即使如此，龍之介的態度就跟每天見面的熟人沒兩樣。

「神田動作也快一點。要遲到了喔。」

說完立刻往走廊另一頭消失了蹤影，看來是打算去學校的樣子。

「我可是費了好大工夫想把你拖出來，不要這麼乾脆就自己跑出來了！」

龍之介的登場總結了所有莫名其妙的事。對此，空太一肚子無法理解的情緒，打從內心深處吶喊了出來。

九月二日

這一天，櫻花莊成員利用學校的午休時間，超緊急地召開了會議。爭議糾紛無法在午休時間內解決，會議硬是持續到第五堂課。會議紀錄如下。

——四人贊成，三人反對。因此決定暫時讓麗塔．愛因茲渥司住在櫻花莊裡。各位，我們好好相處吧。書記．神田空太

——空太是笨蛋。空太是笨蛋。空太是笨蛋。空太是笨蛋。空太是笨蛋。空太是笨蛋。空太是笨蛋。空太是笨蛋。空太是笨蛋。空太是笨蛋。空太是笨蛋。空太是笨蛋。空太是笨蛋。空太是笨蛋。空太是笨蛋。空太是笨蛋。追加．椎名真白

——神田同學是大色狼！追加．青山七海

——原來空太大人喜歡比較大的啊？真令人瞧不起。追加．女僕

——各位，我們大家好好相處吧。應該說給我好好相處！書記．神田空太

寵物女孩
第二章
來思考關於和平吧

1

人要怎麼做才能好好相處呢？

所謂的和平是什麼東西？

肚子叫個不停的第四堂課，空太一邊茫然地望著遍佈在秋季天空的雲朵，一邊想著這個人類永遠的課題。

在黑板的前方，教現代國文的級任老師白山小春，正以甜甜的語調，演奏著連正在哭泣的小孩都會睡著的催眠曲。已經放棄抵抗而直接趴下的學生有五人；以手肘支撐著、假裝在做筆記卻在睡覺的學生則更多。這已經是教室崩壞狀態了。第二學期開始一週後，教室裡的氣氛已經完全切換為日常模式。

第一學期也大概是這樣的感覺。

只有一點除外……

粉筆畫過黑板的聲音，從外表及聲音感覺不出小春寫起字來很有氣勢。後面的坐位傳來睡覺的呼吸聲，似乎睡得很舒服。還聽得到外面的球場有上體育課的學生吶喊聲，以及裁判的哨

聲。不知為何，輕快地敲著電腦鍵盤的聲音也混雜在其中。

從剛才開始，小春就開始偷瞄聲音的來源。包含空太在內，大部分醒著的學生都因為教室裡飄蕩著異樣的緊張感而全身僵硬。現在才後悔早知道就乾脆睡覺也已經太遲了，小春爆發只是遲早的問題。

但空太所害怕的，是另外一個炸彈爆炸。

他斜眼確認了一下坐在隔壁座位的七海。她伸直背脊認真地做筆記，應該已經查覺到空太的目光，但她並沒有要將視線從黑板上移開的樣子。

她顯然是故意無視空太，乍看之下會以為她只是集中精神在課堂上，但是不能在這種地方被騙了，真正心情不好的人是不會表現出來的。現在七海的狀態很明顯就是這樣，周圍的空氣緊繃，散發出一股所有碰觸到她的東西都會受傷的氣勢。這有一半的原因出在空太身上，另一半則在敲鍵盤的學生身上。

自從麗塔來到這裡之後的一個星期內，七海一直都是這個樣子。

今天早上空太在飯廳裡要找她講話時也是這樣。

「早安，青山。」

「早安。」

「那個啊……」

「如果你想要找人愉快地聊天，請去找麗塔小姐。」

她笑容滿面地這樣回應，不容許有寒暄以外的任何交談。就算是青春期的女兒跟父親之間的對話，應該都比這多一些。

空太好像大概知道七海生氣的原因，又不是很清楚的樣子，就是這種模糊的感覺。她應該是對於空太贊成麗塔住進櫻花莊感到不高興吧？但是到底是為什麼不高興到這種程度，空太至今仍摸不著頭緒。

即使如此，七海還算好，問題真正嚴重的是真白的態度。可能是因為homestay被駁回而感到非常不高興，所以徹底地抵制空太。

當空太去叫她起床的時候，就會被這麼有個性地打招呼——

「椎名，天亮了，起床了。」

「空太是笨蛋。」

去叫她吃飯的時候，就會被這麼創新地回應——

「椎名，吃飯了～」

「空太是笨蛋。」

如果這麼提醒她，就會很深切地感受到她的謝意——

「椎名，妳的電話響了。」

「空太是笨蛋。」

看來她似乎是想在世界上推廣「空太是笨蛋」的運動。

甚至當不經意地與她四目相交時，她就會發出「唔——」的低吟聲，像野生動物般威嚇著，要趕走侵入地盤的敵人。

這每件事，都像小刺扎進空太的胸口。被自己所在意的女孩子以這樣露骨的厭惡態度對待，實在很難受，就各方面來說都很令人絕望。

而把空太逼入這種絕境的罪魁禍首麗塔，則是以笑容攻勢賴在空太房間不走，享受寄住在櫻花莊的生活，原本就認識的千尋不用說，就連跟仁及美咲也都打成一片，感情和睦地相處。

每天早上，仁會這麼打招呼來取代道早安：

「麗塔小姐今天依然這麼可愛。」

被這麼說的麗塔則會以笑容回應：

「是的，常有人這麼說。」

而他們今天早上也歡樂地進行這樣的對話——

「下次要不要跟我約會？」

「非常抱歉。我的約會預約已經滿到十年後了。」

「那麼，十年後就全部由我預約。」

「你的話聽起來好像是在求婚呢。」

「妳也可以這麼認為。」

「那麼，如果十年後我們彼此都還單身的話，我會考慮的。」

而她與每天都到空太房裡打電動的美咲，則是在玩電動的過程當中感情自然而然地變好了。麗塔跟真白一樣是剛接觸電玩、沒有握過控制器，但因為手指靈活且學習快速，不管哪種電玩都立刻就上手。

最令人驚訝的，是她對美咲的言行舉止不為所動的個性。對於綽號「小麗塔」沒有抱怨，面對美咲亂來的行為也都一笑置之。

「現在要召開『人生中至少想說一次的台詞接龍大會』～」

「等一下，學姊，現在不是在打電動嗎！還打賭輸的人明天要負責採買工作！」

「那麼，由我先開始囉。『把世界分一半給你！』的『u』，接著換小麗塔。」

「換我嗎？這樣啊？『司機先生，請追前面的車』的『i』，接著換空太。」

「我、我？『i』、『i』……『好消息跟壞消息，你想聽哪一個』的『ne』，換美咲學姊！」

在這同時，當然也還繼續進行著格鬥遊戲。

「『夢話等睡著了再說吧』的『e』，換小麗塔。」

「『呃～～我就是剛才承蒙介紹的麗塔．愛因茲渥司』的『ｓｕ』，換空太。」

「『在支票上隨便寫下你想要的金額吧』的『ｉ』，換學姊！」

「『夠了，明天起你不用再來了』的『ｔｅ』，小麗塔。」

「『……到這裡為止，課本上也都有寫』的『ｓｕ』，換空太了。」

「話說回來，剛剛的那兩個也太慘了吧！」

以上是昨晚發生的事，麗塔已經完全跟大家打成一片了。

另外，基於不工作的人就沒飯吃的原則，麗塔率先接受了打掃、洗衣以及採買的工作，而且每一項都圓滿地達成任務。

「空太一臉驚嚇的表情呢。」

「我以為妳是從沒做過打掃之類工作的人。」

「我以前可是真白的室友喔？」

洗衣時一邊這麼解釋，莫名地有說服力。因為真白完全沒有生活能力，所以只能由跟她在一起的人想辦法去做了。

要說麗塔有什麼問題，那就是睡相極差。因為在同一間房間太危險了，所以空太從第二天起就在半夜裡偷溜到飯廳去睡，而在那之後的每一天，麗塔似乎都會從床上掉下來，早上醒來時，總會帶著一臉無法釋然的表情走出房間。

接著在飯廳發現空太，便會微笑著說：

「空太的睡相真差呢。」

空太每次看到這樣的表情，總會感到驚愕茫然，還會忘記她是要來帶走真白的邪惡魔女這件事。而且，她明明說一定要把真白帶回英國，這一整個星期卻沒有做什麼特別的事。

麗塔跟空太一樣，被真白徹底地閃避，卻也不見她在意的樣子，每天露出從容的笑容，幾乎讓人懷疑她真的打算把真白帶回去。

昨天，空太等得不耐煩了，甚至還這麼問麗塔：

「呃，雖然這不是我該插嘴的事，不過妳不用說服真白嗎？」

結果，麗塔十分簡潔地回答：

「現在的真白，不管跟她講什麼都沒有用。要是隨便打草驚蛇，搞不好她會更加防備而封閉起來。現在等待就是最上策。」

對於這確切的分析，空太嘆了口氣。因為自己已經執行過許多要讓真白息怒的作戰，這種事真希望麗塔先說清楚。

三天前，進行年輪蛋糕作戰失敗；隔天的頂級波蘿麵包作戰也慘敗，只是讓空太的錢包變瘦而已。而且，這樣款待她之後，還被如此衷心地感謝：

「空太是笨蛋。」

「是哪一種笨蛋啊！」

真是令人忍不住想哭。

空太與真白之間一直是這樣的狀況，關係完全沒有修復，甚至覺得更惡化了。今天早上，真白的房門上貼著寫了「謝絕空太」的紙，更是讓人心靈受挫。雖然空太最後還是不容分說地把它撕下來，揉成一團丟到垃圾桶裡，然後進入她的房間。

完全沒有攻略的頭緒，甚至開始懷疑可能會永遠這樣下去。

所以，空太嘆氣了。

「唉……」

究竟人要怎麼做才能夠好好相處呢？

和平真是困難的東西。

當空太在課堂上這麼深刻地體認到時，傳來「啪」一聲東西斷裂的聲音。往前一看，小春將斷掉的紅色粉筆壓在黑板上，因憤怒而顫抖著。

轉過頭來的小春眉間皺成一團，彷彿全世界就要開始爆發戰爭了。

「赤坂同學～」

小春假裝心情很好地用貓咪般的聲音呼喚著的，正是坐在空太斜後方，也就是在七海正後方的娃娃臉同學。

轉頭看到龍之介正一臉認真地面對著筆電的螢幕。別說是回答了，就連反應都沒有。

「喂～～赤坂～～」

空太小聲地叫他的名字。

龍之介敲打著鍵盤。

空太口袋裡的手機震動著。他心想不知道會是誰，在桌子底下打開了手機，發現是龍之介傳來的簡訊。

——我現在很忙。

「用說的！」

接著空太再度收到簡訊。

——你很吵喔，神田。

「都叫你用說的了！」

空太終於與龍之介視線對上了。

「小春老師在叫你。」

「我極力避免跟女人說話。你幫我轉達說我准許她發言。」

「你自己說！」

「我聽到了喔。」

小春像少女般鼓起臉頰。龍之介毫不在意地繼續敲著鍵盤。

「赤坂同學，我的課很無聊嗎？」

「我不這麼覺得。」

「哎呀？是這樣嗎？」

小春的表情瞬間亮了起來。不過，那也只是短暫的春天而已。

「只是沒興趣罷了。對妳沒興趣，對妳的課也沒興趣。」

小春的額頭上出現了一條深深的皺紋。如果施加更多壓力，恐怕會影響到小春的婚期。

「不用覺得悲觀。因為我對於存在這世界上大部分的事物都沒有興趣。」

「那麼，這樣的赤坂同學從剛才開始就熱衷地在做些什麼？」

龍之介「喀噠喀噠」地敲著鍵盤。

空太的手機又震動了。

——就算說明了妳也聽不懂，只是浪費時間而已。閉嘴，母狗（笑）。你就這樣告訴她吧。

「說得出口才有鬼咧！」

「哼，哼，算了。兩個人聯合起來把我當笨蛋。我要去跟千尋告狀。」

小春鬧起了彆扭。看來所謂的人生，似乎並不會因為變成大人就事事順心。那麼，又為了什麼要成為大人呢？

「我並沒有把妳當笨蛋！請不要把我們視為一夥。」

空太吶喊著，簡訊又傳來了。

——我們是朋友吧？

「少來這一套！」

「等一下，神田同學，你也該適可而止了。」

在這不論是哪位同學都無法插嘴的空隙，插話的是坐在隔壁的七海。她以非常生氣的眼神看著空太。不，是瞪著空太。

「老師受傷很深，總之就是想找個人一起下地獄。」

不知為什麼，小春狠狠地看著空太。

「今天要集中火力攻擊神田同學。首先請你站起來朗讀課文。」

「為什麼是我～」

「櫻花莊的連帶責任。」

空太瞥了七海一眼，她以眼神示意如果把她拖下水就要宰了他。

空太無可奈何，只好站起來朗讀課本。

因為龍之介的關係，七海越來越不高興。在這種情況下，真的能夠和好嗎？

話雖如此，空太還是要想辦法使邦交正常化。就算被周圍的人覺得是在找麻煩也無所謂，再這樣下去，空太會胃穿孔的。

終於朗讀完坐回座位上的空太，接著又被小春叫起來說明某個場景的主角心境。在這之後，他又是被叫起來朗讀，又是被叫到黑板上寫東西，被迫優先學習了。

在這期間，龍之介都非常安靜。本以為他好歹在反省吧，轉過頭去一看，發現根本不是那麼回事。龍之介一副已經忘了剛才那場爭吵的表情，操作著智慧型手機。才感覺他比較安靜了，原來只是因為在操作觸控面板，所以沒發出聲音而已。

就算對這樣的龍之介感到生氣，空太依然迅速地完成小春各種不合理的要求。最後，大概是小春的氣消了吧？過了約三十分鐘後，她終於放了空太，允許他坐回椅子上。空太好一陣子還持續警戒著小春的視線，不過看來她已經沒再抱怨了。

空太確認安全之後，再度窺探七海的模樣。她認真地聽著課，完全無視於空太的視線。

空太稍微思考了一下，接著靠近七海的桌子，在筆記本的邊邊寫下文字讓七海看見。

——今晚想吃什麼？

七海瞥了空太一眼。

——去找那位豐滿的食客小姐商量如何？

話中完全帶刺，一開頭就充滿敵意。不過，既然沒有視而不見，好歹也算是個開始。接著就要看空太的交涉技術了，雖然他不記得曾發現自己有這樣的技術……

——我並沒有比較喜歡大的喔？

因為出現胸部的話題，空太忍不住看了一下七海的胸前，覺得七海的也並不小。察覺到空太視線的七海，把橡皮擦丟了過來。

「痛！」

空太把直擊額頭的橡皮擦，從地上撿起來還給七海。

——變態。

——是從蛹變成蝴蝶？

——是從人渣變成普通的渣渣。

第二學期才一開始就從人類畢業了。交涉失敗了嗎？不，如果放棄的話就到此為止了。

——總、總之。我們來說話吧。

——你想說話的人應該是真白吧。

——你究竟想躲真白到什麼時候？

就某種含意刺中核心，空太的自動鉛筆停了下來。

——是她躲著我。

——你是認真的嗎？

——大概吧。

——那你就自己去問吧。

——問什麼?

七海把手拿開,空太看到筆記上文字的瞬間,拿著自動鉛筆的指尖顫抖了起來。

——問她是不是要回英國去。

空太彷彿要敷衍過去般,寫字的手飄移著。

——她都說她不回去了。

好不容易寫出來的文字,扭曲得很厲害。

——你明明就不相信。

不相信什麼?不相信誰?是真白嗎?還是真白所說的話?或者是接受了這番話的自己心中的感情?

這些全都一個個堆疊上去,形成巨大的不安。雖然真白對麗塔說不回去,但是隨著時間流逝,空太對那聲音的記憶模糊淡去,對於她是不是真的這麼說過變得沒有自信,這倒也是事實。

——她不在也無所謂嗎?

不可能無所謂——空太內心立刻有所反應,卻沒有將它化為文字的自信。自動鉛筆的筆尖在筆記上絲毫沒有移動。

空太已經察覺到自己不希望真白回去英國的心情。但是,另一方面又存在著一種認為真白應該要回到藝術世界的情緒，他無法判斷哪個是真的，哪個是假的。對於現在的空太而言，這兩者都是真的。

——說不定就是今天喔？

——什麼？

——真白的父母來接她的日子。

一陣揪心的痛，言語在內心刻劃下看不見的傷。

不知道真白的父母親是怎麼樣的人，也不知道他們打算怎麼做。不過，空太多少知道大人與小孩是不同的。暑假最後一天「來做遊戲吧」企畫報告時，他就深刻地體會到自己活在只知道學校這個狹小的社會裡，已經深刻到感到痛楚的地步……

如果真白的父母真的要把她帶回去，說不定會是相當容易的事。就像麗塔所說的，只要辦好學校的手續，讓真白在日本無處可去就行了。不管是水高也好，櫻花莊也好，真白能待的地方就會輕易消失。要說自己的生活是建築在非常脆弱的柱子上，空太一點也不感到意外。

所以，空太自己的內心就能真實地想像，真白回到英國之後的將來。

要認知危機的狀況，一個星期的時間已經綽綽有餘。

——有些事是無法挽回的。

七海所寫的文字揪著空太的胸口。他彷彿要將痛苦一吐為快般，以自動鉛筆寫下了文字。

——淨是說些很有道理的話，實在是很傷人。

他的眼角餘光映照出七海吃驚的樣子。

——我說得太過分了。抱歉。

一切就如同七海所說的。不過，就算已經知道真白說不定會回去，但空太既不是可以說出「那也沒辦法」就乾脆放棄的大人，也不是可以耍任性鬧彆扭的小孩。

心情始終飄在空中，完全定不下來。即使現在不希望真白回去，也許過些時候就會像麗塔所說，認為她應該繼續活躍於藝術的世界。再過些時候，她的父母會過來接她……對於真白會離開的這件事，空太內心害怕了起來。

這兩、三天他一直是這樣，就像壞掉的羅盤一樣，想法飄移不定。

——彼此好好加油吧。

七海自始至終一直看著事情的發展。這樣就能了解原來她也感到不安，同樣對於真白可能會離開的現狀找不出答案。所以，不得不努力。現在一定要面對一直以來不去正視的問題，即使是逞強也好；為了繼續前進，即使是對七海的虛張聲勢也無所謂。

——我會試著跟椎名談一談的。

空太在筆記的角落這麼寫著。

——隨你的意。

對於七海的回答，空太微微笑了。

小春正在說著想要男朋友啦、想結婚之類完全與課程無關的牢騷。不管是千尋還是小春，這個學校的老師是怎麼回事？同時，現場再度傳出敲鍵盤的聲音。喀噠喀噠……喀噠喀噠……

接著這聲音又突然停住，然後傳來翻弄書包的雜音。那是從空太的斜後方……也就是七海正後方的座位傳出來的，實在是令人在意得不得了。

空太的視線自然而然往那個方向移動，正想開口抱怨。

七海也跟著轉過頭去。

兩人的目光放在住在櫻花莊１０２號室的赤坂龍之介身上。他在桌上打開便當盒，裡面是一片紅色——番茄四顆，其他什麼也沒有。看來是打算拿番茄當配菜來配番茄的樣子。龍之介抓起一顆番茄，完全不在意還在上課，便毫不猶豫地大口吃了起來。裡面的黏液與汁液一起噴了出來，描繪出優美的放射線條，直接擊中七海的額頭。

空太第一次聽到理性斷了線的聲音，也許只是心理作用，但空太真的聽到了。七海散發出來的壓迫感，使得空太將想對龍之介抱怨的話，從喉嚨硬生生地吞了回去。

七海用面紙冷靜地擦掉臉上的黏液。

「這一個星期以來，我一直拚命忍耐，但我已經到達極限了……」

這個聲音低沉冷漠得無法想像是七海的聲音。

「管你是不是很久沒來上課什麼的，這些根本就無關……」

龍之介一副毫不在意的樣子……或者該說是根本沒有察覺到七海是在對自己講話，心無旁騖地吃著番茄。

「你也該有點分寸吧……」

龍之介向第二顆番茄伸出手去。

「我是在對你說話，赤坂同學！」

全班的視線集中到教室的一角——空太、七海以及龍之介三個人所在被詛咒的三角地帶。

「現在在上課，不要竊竊私語，綁馬尾的。這樣會給老師跟同學造成困擾。看吧，他們似乎很害怕的樣子。」

「便當裡只有番茄的人沒資格講這種話！」

不，這種情況下，應該要先指摘在課堂中光明正大地吃起番茄這件事吧。因為被七海搶先一步，空太瞬間冷靜了下來。

「番茄是高營養價值的優秀食材。吃番茄是理所當然的。」

雖然不想被牽扯進去，但空太不介入的話大概沒辦法處理。包含小春老師在內，全班的期待都集中落在空太身上。

「青山所要說的並不是關於番茄的知識……」

「我當然知道啊。番茄含豐富的茄紅素，甚至還有『番茄紅了，醫生的臉就綠了』這麼一句諺語。」

「現在是在談營養的話題嗎！而且，妳還真的知道啊？」

「神田同學閉嘴！」

「……是的，對不起。」

「重點整理好再說，綁馬尾的。」

背後的小春小聲地口出惡言：「你好弱。」不過現在還是先忍耐。

「不要在課堂上吃東西。」

「這是在補充體力，目的是為了攝取營養以及避免因為空腹而導致機能低落。」

「那等午休再做。」

「忍耐對身體不好。」

「而且，為什麼每天的便當都只有番茄啊！」

雖然空太也注意到了，但沒想到這點還被特別指出來……

「因為每天考慮菜單是沒有效率的。為了確保工作時間能更長，我固定了食物的內容。因為不花時間思考要吃什麼所得到的時間，意外地不容小覷，每天所能做的事，確實地增加了一、兩件。番茄的話不但省去料理的時間，甚至還可以縮短生活所花費的時間，可以在工作同時以單手食用。再加上食物內容固定，也使生活更有規律，具有提高注意力的功效。這也推薦給忙碌於學校、訓練班、打工以及委員會之間的綁馬尾的。妳想學起來也沒問題。」

大概就連七海也想不到他會有這麼多明確的理由吧？她接著想說的話始終接不上來。

「反、反正，課堂上要好好聽課。喀噠喀噠的吵死人了。」

「會在意這種程度的雜音，只有沒注意聽課的人。就我的認知，對於原本就沒有心的人所做的妨礙行為並不構成妨礙。況且，我來學校的目的是升上三年級，還有就是畢業。滿足這兩點的必要條件，就是必須有三分之二以上的出席率，以及期末考及格。因此，我並沒有理由聽課。說明到此為止。」

原本應該在生氣的七海，中途開始露出了嚴肅的表情。這也難怪，比起生氣，疑問更是壓倒性地膨脹起來，會對於這個人到底在說些什麼感到一頭霧水。

但是，七海可沒軟弱到這樣就退讓了。

「恣意做自己的事，也要考慮到會帶給周遭不良的影響。這分明就是困擾。」

「我倒是認為中斷上課而對我抱怨連連的綁馬尾的，整體看來比較令人困擾吧？神田也這麼覺得。」

「不要在這個節骨眼把我牽連進去！」

七海俐落地站起身來，已經瀕臨大爆發了。

「要去廁所嗎？」

龍之介又多嘴了。

「要揍你！」

「哇～～！等一下，青山！不能使用暴力！」

空太反射性站起來，介入七海與龍之介之間，企圖制止她。

「就是這樣我才討厭女人，總是立刻就被腦的電力活動給愚弄而缺乏冷靜。沒想到會這樣將自己認為的正義硬加諸別人身上。要是誤以為自己的規則就是世界的規則，那還真是給人找麻煩。妳可不是世界的中心喔，綁馬尾的。我才是世界的中心。」

「不要再火上加油了！」

「白山老師，請把桌上的辭典借我。」

「不能使用鈍器，青山！冷靜點！還有小春老師也不要真的借給她！」

小春大概是站在七海這邊的吧？看她立刻把國語辭典遞了出去。

「我會洗乾淨再還給您的。」

「妳想讓辭典沾上什麼東西啊！」

這時宣佈課堂結束的鐘聲響起。

「好～～那麼今天的課就到此為止。青山同學，辭典給妳當做暴力事件的證據，所以不用還給我了。」

小春就此打住並且走出教室。

留下來的同學們都忍不住屏住了呼吸。

同時，龍之介已經吃完了番茄，便當盒裡只剩下四個綠色的蒂。龍之介將便當盒放回書包裡，接著站了起來。

「赤坂，不准應戰喔？」

「暴力無法解決任何事。我要去廁所。」

龍之介向右轉，大步走遠。空太與七海不發一語地看著他，直到他的背影消失在走廊上。

「神田同學。」

「什麼事？」

「拜託你讓我揍一拳。」

「暴力無法解決任何事喔。」

「歷史卻不是這麼說的。」

「不、不，讓我們好好談談吧！請聽聽我對歷史不同的看法！」

在這之後，空太耗費整個午休時間，只為了平息七海的怒氣。但是，空太熱心地說服她只是浪費口舌，第五堂的英文課堂上，修改女僕電腦程式的龍之介與七海之間，再度爆發戰爭。

「赤坂同學，你把學校當成什麼地方了！」

「沒有生存目標的年輕人聚集的場所。」

「你剛剛可是與全國的高中生為敵了喔。」

空太再度深刻地體會到，和平真的是件困難的事。

2

放學後，空太完成打掃中庭的值日工作後，就前往美術科教室去接立刻就會迷路的真白。

「唉。」

他忍不住嘆了口氣。今天好累，以後不能在課堂上安心地睡覺了。七海與龍之介之間的戰爭，明天以後還會繼續下去。中規中矩從不脫序的七海，以及比美咲、真白更我行我素的龍之介，兩人根本就是格格不入，可以預料這場戰爭會打很久。

通往和平的道路無限遙遠。

空太來到美術科教室，從門口往裡面窺探，裡面一個人也沒有，空蕩蕩的。大概是下午的實習課還沒回來吧。

空太拿了真白的書包後，走出教室。

窗外夕陽西下，西邊的天空微微染上紅色，空氣也像秋天般變得輕爽。

空太與穿著運動服的一群人在樓梯前擦身而過。因為在當中發現了去年的同班同學，所以得知他們是田徑隊。三年級生引退後，人數少了很多。對學弟妹做出指示的二年級生，表情還很生硬，看來不太可靠。但是，想要壯大從三年級接手下來的社團那種強烈的心情以及責任感，從他們的側臉可以明顯感受得到。

距離三年級生畢業還有半年的時間，繼續從事社團活動的他們，因為三年級生引退而先體驗到了離別，從他們的表情看來，大概也已經接受了。

空太直到看不見田徑隊一群人之後，再度走向美術教室。

美術教室所在的位置，是在長長走廊那頭的另一棟樓。一樓是社辦；二樓是音樂科練習教室；三樓則是美術科學生使用的美術教室。

空太爬上三樓，獨特的臭味撲鼻而來，可以感覺到眼前的教室有人的氣息。他站在敞開的門前，尋找真白的身影。

教室裡有幾個見過的學生，所以是真白的班級錯不了。

課程已經結束，老師也已經離開。剩下的幾名學生，只是邊收拾用具邊閒聊著。

每個人都放鬆神經，度過悠閒的時光。

在這當中，只有真白周圍的顏色完全不同。她在沒有桌椅的挑高教室角落架著畫架，以畫筆在畫布上揮灑。

同學們正熱烈地聊著昨天看到的動畫網站；開心地談論著回家路上要順便去商店街晃晃。她完全沒聽進這些聲音，讓人覺得有道看不見的牆，厚重地覆蓋在真白身上。

現在的真白恐怕眼裡只看得到畫布。

收拾好的學生接二連三地離開了教室，當中有想要回頭叫喚真白的學生；有刻意不看她的學生；也有瞥了一眼之後便一副覺得不甘心的學生。所有人的共同點，就是沒有向真白攀談。

空太這樣從頭到尾看著，一陣酸楚從鼻子深處湧了上來。

有時覺得真白一個人真的很堅強。

空太來到這裡大約過了五分鐘之後，教室裡只剩下真白。真白沒有察覺，也沒有意識到。說不定對真白來說，別人在做些什麼，根本就是無關緊要的事……

當她畫漫畫的時候也是這樣。集中注意力的時候，就會完全斷絕來自外界的接觸。

空太覺得這樣的真白好遙不可及。

他一直凝視著真白，真白卻完全沒有發現。空太就在隔著畫布的正前方，應該會進入她的視野才對。

「……妳的眼中到底在看著什麼啊？」

總覺得現在自己並不存在於真白的世界裡。

雖然凡人會以才能或者天才之類的字眼來解釋，但是當這種人就這樣呈現在自己眼前，實在不是三言兩語就能夠表達那麼簡單。

空太完全不了解藝術，卻從作畫的真白身上，確實感受到別人所沒有的魄力。光看就感到背脊發涼，存在著無法輕易介入的氛圍。

好不容易特地過來想跟她談談，看來完全不行。

空太的聲音無法傳到現在的真白耳裡。

他走出美術教室，背靠著門蹲坐著。走廊的磁磚有些涼意。

只能等真白的專注力中斷為止了。不過光是等待，可能連心都會枯萎而無法與她交談。這一個星期以來就是這樣的情形，找藉口若即若離，彼此逃避著正題，不想得到答案，因為害怕導出結論。胡鬧地鬥嘴，也只是為了避免直接面對問題。事到如今，空太覺得不能再這樣繼續下去了……

說不定就是今天，真白的父母會過來帶她回去……

空太從口袋裡拿出手機。開啟電子郵件簿找到「椎名真白」。將指標移向信箱帳號，接著按下按鈕。

偶然產生的想法，把腦中浮現的話直接輸入簡訊中。

——總覺得錯過現在就說不出口了，所以決定傳簡訊。

接著按下傳送鍵。

然後再度操作手機。

——我也是一片混亂。

之後送出。

——太突然了吧？竟然要把妳帶回英國。

空太繼續傳出簡訊。不過沒有回信，反正真白還繼續集中精神在作畫上，所以不會察覺。

——說到名垂青史的名畫，我想了很多。

雖然自己搞不太清楚有沒有意義，但也不想再看過一次，然後把它修飾成更漂亮的詞句。

——我對於假設椎名離開這裡，作了很真實的想像。

將腦海中冒出來的話語直接打在簡訊上，至於體不體面一點都不重要。

——雖然我正在思考，但還是有些東西找不到答案。

總覺得這麼做就能把心裡所想的事情，坦率地告訴真白。

——淨是些搞不懂的事。

空太將猶豫及煩惱的事，毫不隱瞞地打成文章。

——藝術是什麼東西？

自己的簡訊內容變得很奇怪，空太於是忍不住笑了出來。

——真的都是些搞不懂的事。

笑意變成了苦笑，然後又浮現出接下來的話。

——我可不是站在麗塔那一邊的喔。這點我很清楚。

空太對於這點很有自信。

——但是，說不定也不是站在椎名這邊的。

空太完全老實地寫上去。有一瞬間猶豫這封簡訊到底該不該寄出去，不過他不喜歡中途改變規則，真是自己對自己沒必要地固執。

——話說回來，我原本是要說什麼事？

他稍微整理了一下混沌的腦袋。

——啊啊，對了，我是有話想對妳說才來的。

終於找到路了。

——如果是漫畫我也懂。

沒錯。這點可以大聲地說出來。

——我一直很期待椎名的漫畫，真的。

大概就是這樣吧。

——嗯，我大概是為了說這個而來的。

空太打算送出最後的簡訊而按下傳送鍵，接著直盯著手機畫面好一段時間。心中有種莫名的成就感。但是，空太立刻就發現了一件重要的事，而再度打開手機。

——話說回來，妳知道怎麼讀簡訊嗎？

如果之後要由空太一封封顯示出來讓她看的話，那可就是本世紀最羞恥的懲罰遊戲了。

空太緊握闔上的手機打了個呵欠。每天早上都在飯廳裡醒來，所以最近有些睡眠不足。

他茫然地看著直直伸展出去的腳尖，這時不知什麼鈴聲響起。仔細一聽，遠方傳來鋼琴的聲音。樓下是音樂科的練習教室。

手中的手機在這時震動了起來。

是簡訊。莫非是美咲從外星球寄來訊息嗎？或者是仁要拜託自己買東西？也可能是千尋不講理的使喚。

空太操作著手機，開啟簡訊。

但是他想讀也沒辦法讀，因為是空白的。

即使如此，空太還是因為開心與緊張而內心產生動搖。

這是來自真白的回信。

空太躲在門後往教室窺探，發現真白正背對外面蹲著。微微看得到的側臉，被手機的背光照得明亮。她緊閉著嘴唇，一臉嚴肅地按著按鍵。

接著，空太的手機又震動了。

——沙

只寫著這樣一個字。

「妳到底想做什麼啊？」

空太終於向她開口了。

真白維持蹲著的姿勢轉過頭來。

「『沙』是什麼啊？」

「『空太是笨蛋』的『沙』。」

「這句話裡面根本就沒有『沙』！」

看來真白還沒有要再連按四次按鍵的概念。

「妳會讀簡訊啊？」

「綾乃教我的。」

那是負責照顧真白的漫畫雜誌編輯的名字。應該相當辛苦吧？不過既然都教了，真希望她也能教教真白該怎麼打簡訊。

空太起身走到真白身邊。

「空太。」

「什麼事？」

「用簡訊說不定也不錯。」

「不過要是收到空白或只有一個字的簡訊是還滿可怕的。」

「那你教我。」

真白把手機遞了出去。

她的眼神充滿期待。已經好久沒有這麼認真地對話，光是這樣空太就覺得有些高興。

「我知道了。」

空太操作著接下的手機，真白便靠過來看著畫面。肩膀與肩膀碰觸，令人有些緊張。

就在這時，空太拿著的真白手機震動了，而空太口袋裡的手機也表示有簡訊。

——發生緊急事態！全員即刻返回櫻花莊！

發訊人是美咲，簡訊則是充滿了文字符號閃閃發亮。到底是什麼事呢？

空太與真白對看了一眼，真白可愛地歪著頭。

緊急事態是指什麼事？該不會是真白的父母來了……如果真是這樣，就算是美咲也應該會傳個更正經一點的簡訊才對。

「我想要這種的。」

真白指的是美咲寄來的簡訊畫面。

「那個我也不知道是怎麼弄的。」

「我想要這種的。」

「好，好，回家路上再教妳。」

空太一邊教真白如何打簡訊，一邊與她並肩走出教室。

應該還有其他非說不可的話。雖然不知道能與真白在一起的時間還剩下多少，但是這段時間也在當下這個瞬間確實地流逝。

即使空太如此自覺，卻無法做些什麼，因此感到非常焦急，不卻也更覺得現在這樣就好。

因為真白就在身邊，而且看來似乎滿開心的樣子。

空太現在是這麼想的。

3

因為打工稍晚才回來的七海到齊後，立刻召開櫻花莊會議。

「今天召集大家，不為別的！」

緊緊握拳的美咲，站在餐桌的正中央。百褶裙搖晃著，現在也似乎看得到裡面。

「上井草學姊，內褲會被看到的！請趕快下來！」

「用不著擔心，小七海！因為這是看起來像裙子的短褲！」

難怪好像看得到又看不到。

「神田同學，你好像很遺憾的樣子。」

「妳在說什麼啊？青山同學。」

美咲被仁從後面抱住後坐回位子上。被心儀的人抱著，就算是外星人也變得老實了起來。

以千尋、美咲、仁、真白、七海的順序圍成一圈。龍之介一回來就關在房間裡不出來，所以以聊天室參與會議。仁準備了筆記型電腦。

會議姑且也邀了麗塔，但她正在進行RPG的頭目戰，所以非常認真地這麼說：

「現在請不要跟我說話。世界的命運正掌握在我的手中。」

所以眾人便決定不理會她。電玩遊戲原本只是她在空太等人去上學時打發時間才開始玩的，現在看來倒是很快就進行到接近尾聲了。

「那麼，美咲學姊所說的緊急事態是指什麼？」

「各位！我們終於要迎接這個日子的到來了！」

「什麼日子？」

「正是召集了櫻花莊最強戰士的現在！讓我們集結友情的力量，實現最棒的表演，統治文化祭囉～～！」

空太與七海搞不懂意思，臉上浮現出疑問。仁敲著鍵盤，津津有味地喝著餐後咖啡。真白則是在素描簿上畫著草稿。

「學姊，請用人類也能聽得懂的話說明。」

「那是不行的喔，學弟！你要更用心去感受！」

「感受什麼？」

「你不想要由櫻花莊裡愉快的夥伴們將熱情具體化嗎！這樣學弟還算是人類嗎！你體內流著青春的熱血嗎！」

總之，空太還是用眼神向仁求救。

「她是說要讓櫻花莊的成員在文化祭上做些什麼的意思。」

「喔……」

七海在空太的旁邊，也露出了稍微了解的表情。

但是，到底要做什麼？

「我跟小真白負責作畫！當然，仁負責劇本，Dragon負責編排！小七海配音，因此，學弟是企劃！」

最後，美咲還加註說明音效已經拜託皓皓來做了，然後用手猛然指向空太。看著她的指尖，空太忍不住眨了眨眼。七海的反應也幾乎相同，而真白則是從素描簿上抬起頭來。

「那是說……」

美咲該不會說出了令人意想不到的話吧？

由櫻花莊的成員一起完成一件作品。

空太再度確認集合在圓桌旁的每個人。

自行製作動畫便受到矚目的美咲實力貨真價實；被世界評價為天才畫家、成功地以漫畫家的身分出道的真白才能無庸置疑；身為程式設計師並參與電玩相關工作的龍之介，其厲害之處只要看過他所製作的自動郵件回信程式ＡＩ女僕就能馬上理解。

再加上負責美咲動畫劇本的仁，以及以聲優為目標的七海，更是看得到相當的可能性。

無論是在影像面或技術面，不管任何有趣的東西似乎都能做到。

光是想像，心中就忍不住雀躍了起來，也就自然地露出了笑容。

「學弟，幹嘛一臉毫無緊張感的表情！」

「抱歉……因為好像很有趣的感覺，表情忍不住就放鬆了。」

「當作是在文化祭時要發表的東西是無所謂，但我有個疑問。」

七海輕輕地舉起手。

「好，小七海！讓我們精神飽滿地試試看吧！」

「要以櫻花莊參加文化祭的話，能獲得志願參加的許可嗎？因為我是執行委員所以很清楚，審查可是相當嚴苛的喔？」

文化祭是學校與當地的一大活動，因此為避免發生意外或問題，每年都被徹底執行。所有人的視線不知怎麼的，全朝向身為老師的千尋。

千尋打開了啤酒罐。

「在這十年當中，從來就沒有被許可過。」

這是學校方面理性的判斷吧？櫻花莊的問題人物，平常就吵鬧得天翻地覆的，如果把這些人放進全校學生都感到雀躍的文化祭裡，就像是把猛獸野放一般，不知道會變成什麼樣子。

「但是這十年來，在櫻花莊裡的成員一定都會參加文化祭。」

「果然會變成這樣啊……」

七海再度嘆了口氣，已經知道答案了。

「也就是要打游擊戰了。」

仁輕鬆地說著。

「事情就是這樣，所以有限制。不能夠長時間地展示或公開，時間跟場所也只能靠我們自己乘虛而入了。」

去年是趁著戲劇社跟吹奏樂社節目中間的空檔闖進體育館，與美咲穿著玩偶裝演出名為雙人相聲的搞笑節目。順便一提，劇本是由仁負責的。

「話說回來，雖然話題一直朝著決定要做的方向進行，但椎名……還有赤坂的意見呢？」

「龍之介說『沒問題』的樣子。」

仁用聊天室確認。

真白也接著說：

「好像很有趣。」

「那就好。」

「我也贊成要做，但是請獲得許可。」

「那就交給青山同學了。身邊就有委員還真是不錯呢。」

「我不認同不正當的行為！」

「所以我才說都託付在青山同學身上了。」

仁露出壞心眼的笑容。也就是說，其實有沒有許可都無所謂，但如果七海無法認同，那就自己去取得許可的意思。

「我會請神田同學幫忙的。」

「咦？為什麼要在這裡把我牽扯進來？」

「你之前答應過我了吧？」

七海小小聲地這麼說。確實好像有這麼答應過她。

「不過，到底要怎麼做？」

「我決定今年要使用劇場囉～！」

那是大學裡最新影像設備一應俱全、像電影院般的設施。

「那邊能容納多少人來著？」

空太之前曾因為見習去過那裡。

「大概三百人左右吧。」

這樣的話，還比一些電影院大。

「老師，請您稍微阻止一下。」

七海小聲地對千尋說。

「才不要呢～我才不要消耗沒有效果的勞力。」

「青山，老師的身體一半是啤酒，另一半則是由聯誼所構成。妳知道這代表什麼嗎？」

「不要期待她的溫柔會比較好……」

「你們要在不給我添麻煩的範圍內進行。」

千尋只說了這句話，又從冰箱裡拿出一罐啤酒，接著窩回管理人室去了。真不愧是嫌麻煩的老師。不對，在這種情況下，應該要當作是放任主義而感到高興吧。

「既然決定要做，就要做在文化祭上才能呈現的東西吧～就想做只有櫻花莊成員才能做的東西吧～好想做～好想做～學弟！」

在文化祭上才能呈現的是指什麼東西呢？硬要說的話，是祭典。如果是祭典……

「那麼，這樣的東西如何？」

大概是受到美咲的情緒影響，剛剛空太想到的關鍵字，在他的腦海中浮現出一個畫面。

跳上圓桌的美咲，匍匐爬著逐漸逼近過來。

「什麼樣的東西，什麼樣的～！」

「學姊，妳臉靠太近了！」

空太靠在椅背上與她保持距離，並以眼角餘光確認仁的樣子，他果然露出有些不高興的表情。

美咲的態度真是令人困擾。被空太這麼說之後，美咲便嘟著嘴，正坐回圓桌中央。

「那個，只要有美咲學姊跟真白在，我覺得就算放著不管也能做出影像很棒的東西。」

「說得也是。」

「而且Dragon也在，所以也能夠遊戲化～」

空太深深地點頭。

「不過光是那樣沒有祭典的感覺，而且也不用特意使用劇場了。」

「大畫面比較有大魄力，才能大興奮、大成功啊！」

「不，呃，話是這麼說沒錯，不過就算是大畫面，也會變成沒有拿著控制器的人只能在旁邊看，不覺得這樣很可惜嗎？」

「你說得很有道理。但是，製作成單純的影像作品，然後只是用看的，那也很無趣吧？要怎麼做？」

「我想只要能做出全體觀眾都能參加的精彩節目就可以了吧……」

美咲與仁大概是聽不太懂，一臉沈悶的表情。

「比方說要怎麼做？」

這麼提問的是七海。看來她應該是對空太的話感到有些興趣了吧。

「比方說，觀眾配合畫面一起拍手，角色就會動作。不一定是拍手，像舉手、發出聲音或者合唱也都可以。總之，就是要同步或者齊唱，有一體感，或是大家合力打倒敵人、讓故事繼續進行之類的，我在想不知道能不能做這種東西……」

要將創意的有趣之處用言語來表達，果然還是很困難。空太邊尋找適當的表現方式，好不容易說明完了，卻沒人開口說話。

大概是沒把自己所想到的好好表達出來吧？或是點子本身無法讓別人覺得有趣呢？

眾人持續沉默，讓空太越來越沒自信，開始覺得講得很認真的自己真是丟臉。

「就是這個，學弟！」

首先表示贊同的是美咲。她興奮地站了起來。

「我也覺得很有趣喔，空太。」

「全體一起玩的這點，我也覺得不錯。」

跟在仁之後，七海也點點頭。

只有真白還一副搞不清楚狀況的樣子。

「齊唱？」

她歪著頭這麼說著。

總之先把她擺在一邊。

「問題在於做不做得出來。」

「那直接問龍之介就好了。」

仁把筆電放到空太面前。

到目前為止的會議流程，仁都用聊天室傳達給龍之介。

空太把手放到鍵盤上，迅速地提出疑問。

——就是這麼一回事，你覺得有可能實現嗎？

——就常識來思考是不可能的。

龍之介立刻回答。

——就連赤坂也不行嗎？

——別太早下結論，我是說就常識來思考的話。

——那以非常識來思考的話就辦得到？

——答對了。

——真的嗎！

——讀取動作的話，可以應用全身動態捕捉技術。發出聲音、合唱或者拍手則利用聲音辨識就可以了。技術方面都有，剩下的就是看怎麼使用而已。

——不過，全身動態捕捉技術能夠同時讓那麼多人使用嗎？

——沒有問題。如果只是重現神田的點子，那就綽綽有餘了。我有個好主意。

龍之介真是個可靠的男人。太可靠了。

——技術上辦得到是很好啦，不過將全身動態捕捉技術像控制器般使用的東西，應該還沒發售吧？

——我聽了神田的點子後有了興趣。我跟電玩公司交涉籌措看看開發機材，你稍微等一下。

——喔喔，我當然願意等！

有一段時間龍之介都沒有回覆。

「現在正在交涉嗎？」

七海看著畫面，一臉驚訝地問著。

「大概吧。」

「赤坂同學到底是何許人物啊……」

「身為番茄王國的親善大使，我們的同班同學。」

「……是啊。為什麼我的周圍有那麼多奇怪的人呢？」

「我也算在內嗎？」

「當然。」

「哇！不會吧？」

——交涉成功了。已經安排好下週要將開發機材送過來。

——你真是太厲害了。

——不過，要嚴守機密。條件是當作宣傳的一環開發軟體，不能拿來販賣。

——本來就沒打算拿來賣，所以沒問題！

空太抬起頭時，美咲、仁、七海以及真白全都看著他。

「他說全都辦得到。」

美咲聽了抱住真白與七海，開心得不得了。

「那麼，接下來就是角色設定等內容的問題了。從頭開始做可沒什麼時間了喔？況且，這裡的所有人應該沒有辦法全都盡全力在文化祭的創作上才對。」

確實正如仁所說。

真白要畫漫畫連載原稿；龍之介也有身為程式設計師的其他工作。至於美咲，雖說可以自己控制，但她也有創作的動畫；七海原本就忙於訓練班及打工；仁則要準備考試；空太也正打算集中精神在學習程式上，打算以每個月一次的頻率繼續參加企劃甄選。從現在提出點子開始製作的話，兩個月的時間根本不夠。

真白拉了拉正在思考的空太袖子。

「嗯？妳有什麼點子嗎？」

真白點點頭。

「喵波隆。」

「喔喔，就是這個，小真白！」

美咲首先回應。

「……那個嗎？嗯，從小孩到大人都適用，說不定也不錯。」

仁像是在回想似地點了點頭。不愧是美咲的青梅竹馬。

銀河貓喵波隆是描寫巨大機器人與怪獸的對戰，所以與企劃內容的契合性高。劇情的部分就可以用連環畫劇式的……不，既然有真白在，可以試著製作成有音效與配音的Flash漫畫，有節奏地展開；戰鬥部分就以美咲的3D模型畫出具魄力的場面，讓觀眾以同步動作或齊唱操作來參與。

如果有這樣的抑揚頓挫，就有自信讓它成為有趣的節目。

「喵波隆是什麼？」

只有七海一個人一臉搞不清楚狀況的表情。

「等一下到我的房間來。」

「空太有時還真是大膽啊。」

「咦？為、為什麼！你、你想對人家做什麼？」

「話先說在前頭，我的目的並不是妳的身體。」

「不是身體的話，不、不然是哪裡咩？」

變回關西腔的七海，帶著害羞的眼神望著他。

「某天，美咲學姊跟椎名在我房間的牆壁上，盛大地畫了塗鴉。那就是美咲學姊想出來的『銀河貓喵波隆』這個偉大的故事角色。」

「什、什麼啊，原來是這樣……那個牆上的畫原來是這麼回事啊……」

「那麼，空太與龍之介從今天開始就跟我一起討論。在做成劇本之前，必須決定實際上怎麼讓別人玩，以及有多少比例夾雜著操作吧？」

「啊，說得也是。」

「在做出詳細規格之前，三個男生就得住在一起了。兩個月可是馬上就到了。」

大概是知道接下來會很辛苦，所以仁露出有些疲累的表情。這時空太突然想起，之前仁曾說過會無法在外面過夜，指的就是這件事吧？

相對於這樣的仁，空太則是對一切感到雀躍，興奮得不能自已。

這時麗塔這麼說著來到了飯廳。

「拯救世界真是心情非常愉快的一件事呢。」

她一臉完成了什麼大事的表情，大概是大作RPG破關了吧。

「麗塔。」

打開冰箱的麗塔，突然被真白叫了名字，於是有些驚訝地回過頭去。因為這一個星期以來，真白完全沒有與她接觸，所以麗塔會有這樣的反應倒也不難理解。

「什麼事？真白。」

麗塔很開心地微笑著。

「到我的房間睡。」

空太發出了「咦」的驚呼聲，七海則是驚訝地看著真白。美咲像在看網球賽一樣，來回看著真白與麗塔。而仁站起身來，到廚房去又倒了一杯咖啡。

「這是什麼樣的心境變化呢？」

「已經不能在空太的房間了。」

「可以告訴我原因嗎？」

「因為這樣不好。」

「沒有發生男女關係的危險喔？空太跟仁不同，是很沒出息的。」

仁表示肯定地直點頭。

「雖然是這樣沒錯，但是不好。」

連真白都說了很過分的話。

「妳沒有資格肯定！到目前為止，妳以為我跟理性進行了多少嚴苛的對戰！給我為犧牲的理性默哀！」

「空太安靜點。」

不知為何，空太被心情不好的真白瞪了。

「我好歹有言論的自由吧？」

他向七海徵求同意。

「你老實安靜一點。」

卻像小孩般被唸了。

「在真白的房間睡，我也無所謂啊。」

真白的表情看來鬆了口氣。

「不過，我有個條件。」

麗塔的嘴邊浮現壞心眼的笑容。

該不會是想說，條件是要真白回英國吧？

「妳說。」

接著，麗塔的眼底閃著詭異的光芒，轉頭看著空太而不是真白。

「為什麼看我？」

「這個星期日請陪我。」

「啊？」

「以其他的字眼來表現的話，就是約會的意思。你很開心吧？」

「為、為什麼會變成這樣啊！」

首先有所反應的是七海。

真白也嘛著嘴，看來很不滿。

「再借我一天有什麼關係？還是要我繼續住在空太的房間，然後奪走他所有的第一次？」

「妳想奪走我的什麼東西啊？妳這野獸！」

「原來麗塔小姐盯上的是空太。難怪不管我怎麼邀請都不願意跟我約會。」

「事實上就是這樣。對不起。」

「不用在意啦。如果是為了讓可愛的學弟踏上成人的階段。」

「你、你在說些什麼！」

七海滿臉通紅。

「妳太天真了，小麗塔！不知共度了多少個激情夜晚的我與學弟的關係，如果妳以為靠個約會就能拆散的話，那就大錯特錯了！因為我們可是玩通宵的！」

「等一下，神田同學，你跟上井草學姊做了什麼啊！」

七海衝過來揪住空太。

「那個，大概全都是在講電玩吧！冷靜點，青山！」

七海一邊小聲地碎唸著把臉撇開。

「來吧，妳打算怎麼辦？抉擇的人可是真白喔？」

麗塔的態度越來越挑釁。

空太與真白目光對上。不知道她正在想些什麼，只是筆直地盯著空太的眼睛。才正這麼想的時候，真白轉向麗塔。

「我知道了。」

真白心不甘情不願地答應了。

「不准把我賣掉！」

「要是跟我約會，我就教你很棒的事。」

麗塔帶著引誘般的笑容這麼說著，空太臉都紅了。手指抵著嘴唇的麗塔莫名地性感。

「妳、妳打算教什麼東西啊！」

「我都說了，是很棒的事。」

麗塔以笑容帶過七海所說的話，接著將身體靠向空太，本以為她會摟住空太的手，沒想到她卻像要接吻似地墊起腳尖，用令人心癢的聲音耳語。

「我會讓你看到真實的真白。」

這確實是惡魔的耳語，深深地刺進了空太內心深處，無法從這誘惑中逃離。

「放開空太。」

真白拉著麗塔的手。

「不過是要道別而已嘛。」

麗塔應付著真白，並以斜眼看著空太，雙眸詭異地笑著。

麗塔所說真正的真白是指什麼？空太完全不懂，所以才想知道。像是她在英國生活時的事、身為畫家的實力，當中尤其想知道能夠用來考慮未來怎麼做才是對真白最好的事。自從麗塔來到這裡的那天起，空太就一直非常在意。

「就是這樣，我好期待星期日的到來。」

麗塔嫣然一笑。

「隨便妳。」

接著，麗塔正面看著真白與七海。

「如果很在意我跟空太的約會，也可以跟蹤我們喔？」

「誰、誰會做那種事啊！」

七海生氣地反駁。

「那麼，如果妳改變心意了就請過來。」

麗塔笑咪咪地說完便走出飯廳，接著傳來上樓的腳步聲，大概是往真白的房間去了吧。

「得把星期日空下來了呢。」

喃喃說著這些不祥的話後起身的仁，側臉彷彿正拚命地忍住笑，看來很開心的樣子。

「禁止跟蹤！」

仁心不在焉地回答「知道了」，便走出了飯廳。

「學弟，別以為可以甩開我的跟蹤！」

「妳光明正大地在說些什麼啊！」

美咲帶著蹦蹦跳跳的腳步，跟著仁之後離開了。

七海也站起身來，並且再次強調：

「我絕不會跟蹤的。」

「喔、喔，我相信妳喔，青山。」

「嗯、嗯……」

總覺得她的回答很含糊。她把眼神別開，就這樣逃也似地往二樓消失了。

現場只剩下真白。

「空太黏麗塔黏得太緊了。」

「是我的錯嗎！」

「明明就是我的飼主。」

「這是什麼理由啊！」

「我要是沒有空太的話……」

「沒有我的話？」

「就會活不下去。」

「妳說的是物理性的吧！」

4

九月第三個星期的星期六——空太跟麗塔約會的前一天。雖然是舒爽的晴朗秋天，空太卻一步也沒踏出櫻花莊，就這樣過了一天。

太陽已經下山，窗外看得到遼闊的星空。

空太坐在書桌前，以認真的神情看著電腦螢幕。畫面上顯示「銀河貓喵波隆」的劇情，是仁做好的東西。

等同於導演的空太，工作便是閱讀劇情，並且把必要的繪畫與聲音素材編排出目錄。

今天也同時進行故事部分的設計書製作。

空太與仁、龍之介討論的結果，決定故事部分用畫面或含聲音效果的自動漫畫來表現。利用Flash做編排，劇情由真白負責；戰鬥部分則利用３Ｄ製作；模型製作由美咲負責。

而讓空太從早上一直煩惱到現在的，是如何讓真白理解劇情部分。

因為每一格的表現都不同，所以必須一邊討論一邊製作。

仁說過就某程度上只能畫分鏡來說明。當然幾乎大部分都可以直接交由真白的感覺去做，不過，例如從劇情部分接續到戰鬥部分的場景，如果不靠兩邊的合作，就無法做出流暢的畫面。

龍之介也說過，就是靠著這樣一點一滴的累積，才能做出高完成度的作品。他會這麼說，就表示希望大家也這麼做。自從開始製作之後，便感覺到全體的高度意識。美咲與龍之介至少能做出販售商品的等級，而且恐怕接近一流的等級；而真白大概也無意識地以這樣的程度努力著。

仁從開始製作以來，便不再在外頭過夜，每天都住在櫻花莊裡。空太與仁、龍之介確定設計的那天，甚至還做到直接在仁的房裡睡著了。前來關心情況的七海露出了十分複雜的表情。看到空太跟仁兩個男生在同一張床上睡覺，任誰都會表情僵硬。龍之介之所以不在，是因為他雖然就在隔壁房間，但還是利用聊天室參與會議。空太真希望可以的話，能早點忘了仁的體溫。

再怎麼煩惱也沒用，所以空太開始在從美咲那裡拿來的分鏡紙上，畫起「銀河貓喵波隆」開頭的場景。

前進一格，又後退一格，橡皮擦屑在書桌上堆積起來，卻完全沒有進展。為了製作一個合格的鏡頭，竟然花了三十分鐘。依據美咲外星人的直覺，預定鏡頭數量會超過三百，大約是電視動畫一集的份量。以現在的作業速度要花九千分鐘，每天花八個小時作業的話就需要二十天。這實在是辦不到。

「空太從早上開始就一直在做什麼？」

空太的背後突然傳來聲音，使得他差點驚叫出聲。

空太轉過頭去一看，發現剛洗完澡的麗塔就站在那邊。她穿著向真白借來的睡衣，一邊用毛巾擦拭著溼漉漉的頭髮，一邊彎著腰朝書桌窺探，香皂及洗髮精的香味刺激著空太的鼻子。

「該怎麼說呢？空太……或者該說是櫻花莊的各位，委婉來說，都是天然的怪人耶？」

「這哪裡委婉了？」

「整體來說。你們了解現在是什麼狀況嗎？」

當然很清楚——不論是真白搞不好就要回英國的事，或者是大家對此束手無策的事。

「我這麼說或許很奇怪，不過不是應該要更有效地利用這段有限的時間嗎？」

「反正不管我怎麼掙扎，情況都不會有所改變，所以現在這樣就夠了。」

真白也對於這一次的製作樂在其中。她每天都會到空太的房間看企劃的進展；完成了設計圖畫，就會到美咲那裡去，也會晃到其他地方去徵詢意見。

「如果這就是日式製作回憶的方法，我倒是無所謂。」

「我們並沒有這種打算。」

「話說回來，這還真是非常藝術的畫啊。」

麗塔看著分鏡紙。

「如何？我唯一有自信的就是這一張了。」

「空太請不要再畫畫了。」

麗塔的眼神相當認真。

「咦！為什麼？」

「這是褻瀆。」

「意思是說我的繪畫能力無藥可救了？」

「你這是想像著完成圖所畫出來的嗎？」

「沒有，只是隨便畫畫。」

「況且眼前明明就有範本，請好好看仔細。繪畫的第一步就是要觀察喔？」

麗塔指著房裡的壁紙。美咲與真白所畫的「銀河貓喵波隆」還留在上頭，除非是空太把它清掉，不然大概是不會消失了……

「請借我一下。」

麗塔將手從空太的肩後伸了過來，從他手中搶走鉛筆。她的體溫從空太背後席捲而上，這份重量感令人難以承受。出乎意料的戰鬥力，這就是來自國外的實力嗎？

「等一下，麗塔小姐？」

「請認真地聽我說。」

空太挨罵了。

他為了忘掉七情六慾而將視線集中在麗塔手上，立刻就不再意識到麗塔身為女孩的這部分。總覺得麗塔握住鉛筆的方式跟真白很像，帶著一種擁有卓越技術特有的氛圍。

每當線條滑動，紙上彷彿隨即誕生出生命般，空太無法將目光從筆尖移開。麗塔接二連三地畫出滑順柔和的線條，這些線條組合成一幅畫的形狀。不到一分鐘，麗塔就在分鏡紙上畫出了與美咲所畫的喵波隆一模一樣的畫。

「畫得好棒啊。」

空太的背部突然感覺到麗塔的心跳加速。麗塔像是被雷擊中般身體顫抖，隨即放下鉛筆，離開了空太。

「怎麼了？」

「沒、沒事……」

空太無法得知背對著自己的麗塔，是以什麼樣的表情說這句話的。因為再度看著空太的麗塔臉上，已經是平常的溫柔笑容。

照著麗塔所說，空太先是仔細觀察牆上的喵波隆，接著閉上眼睛，在腦中想像完成圖。

當他感覺到已經看到形狀的時候便睜開雙眼，將影像重疊在紙上，這樣就覺得知道該從哪裡下手畫線條了。

空太重複畫著第二格、第三格之後，逐漸有了進步。

「說不定我是天才。」

「空太有時候會說些無趣的笑話呢。」

總覺得麗塔突然變得冷漠。

「擅長繪畫的人才不會了解我的心情呢！」

空太將完成的分鏡，用向美咲借來的掃描器掃入，貼在才做到一半的設計書上。這麼一來，劇情部分的設計書就完成了。

空太將設計書的檔案以郵件寄出，以便讓龍之介看。之後打開聊天軟體，碰巧龍之介也在線上。

——赤坂，你看一下我剛剛用郵件寄給你的設計書。

——收到了。稍候一下。

因為是很短的內容，所以應該隨便看一下就了解了。果然，龍之介馬上有了回應。

——做得很好，接著就繼續跟負責作業者維持良好的人際關係吧。溝通能力也是開發者被要求的技能之一。如果是大規模計畫的導演或製作人，手下可能就有上百名的工作人員。

——話說回來，我從以前就有個疑問。

——什麼事？

——導演與製作人哪裡不一樣？

——又到了讓您久等的女僕講座時間了。

看來龍之介是對於自己要說明感到麻煩了。

——總覺得很久沒見到女僕了呢。

——見不到面的時候更能培養兩個人的愛情。

——妳在說什麼？

——請不要在意失言的部分！因為人家是女僕嘛！

如果追究失言的事不知道會怎麼樣。雖然有點興趣，但因為不想成為病毒攻擊的目標，所以還是不要多嘴的好。

——那個，就煩請妳多多指導了。

——看來空太大人也稍微理解自己有多少份量了。

總覺得自己在女僕心中的排名逐漸往下掉。這大概是心理作用吧？

——首先是非常粗略的說明，請把導演（以下簡稱D）當做是開發現場的指揮者，把製作人（以下簡稱P）當作開發整體的營運與運用的立場。

——哪裡不一樣呢？

——所謂的開發現場的指揮者，是依自己的意思向開發工作人員下指示，不斷討論並實際製作遊戲的人物。因為具有設計權限，所以是影響遊戲好不好玩的重要工作。

——原來如此。

——雖然企劃工作的角色印象比較強烈，但是因為必須與美術、程式設計師、負責音效的成員以及除錯者進行研商，所以雖然不需要很深入的專業知識，但最好是對所有的分野都具備某種程度的知識。另外，因為製作遊戲是團隊作業，所以最重要的是同仁之間的友好關係，也因此擅長溝通的人物較適任。總是馬上惹女孩子不高興的空太大人，說不定並不適任呢。（爆笑）

——我的評價這麼像女性的敵人嗎？

——但也並不表示只要是和諧型的就可以了。

——這是當作沒看到嗎？

——因為會影響遊戲的有趣程度，所以也需要有強烈的意志與個性，必須是個即使與成員有意見衝突也不採取折衷方案，完全貫徹自己想法的人。我認為D應該必須是整個計畫的支柱，不然的話，就會做出虎頭蛇尾的遊戲。不斷重複折衷方案就會誕生大爛作。

如果就各方面都一直選擇折衷意見，當然會做出毫無個性的東西吧。

——我想我能夠理解。

——當然，我的意思並不是說D只要任性妄為就可以了。就算意見分歧，有時是靠熱情；有時是靠講道理，都必須要讓對方能夠接受。如果對方的意見是正確的，也必須要有能夠直率地承認，並且反應在設計上的度量。這樣不斷累積與成員間的信賴關係，到開發的最後階段就會成為一股強大的力量。「才不想聽這種傢伙講的話～」要是被這麼認為就完了。因此，雖然不太容易遇到這種人，不過兼顧任性與協調性是最好的。

——也就是說這是理想的D。

——我是這麼認為的。

——那麼，P呢？

——是以從現場退後一步的形式，由外側領導日程或製作費管理、僱用必要人員等，讓計畫能夠順利進行的人物。對外有時也需要做些業務或宣傳的工作。雖然依據公司的組織會有些不同，但如果說D是開發遊戲的負責人，P就是擔任商業性成敗的負責人。也就是說，遊戲是否有趣是對D的評價，而遊戲是否暢銷就是對P的評價了。

——什麼樣的人比較適合？

——能夠多元、客觀地看待事物，具備能體察時代潮流感受力的人，應該比較能勝任吧。

——有這種人嗎？

——在幾億的人口裡應該至少會有一個人吧。

——機率好低！

——常聽到這樣的說法，會不會大賣總是要賣了才會知道。

——嗯～

——但是，其中的確存在著事前就確信某樣商品會暢銷的人。擁有這種感覺的不僅限於P。比方說，曾經聽說某個演員在參加甄選的時候，有時會確信自己絕對會被選上。然後，當這個感覺發動的時候，這個角色甄選就一定會合格。

——Sense of success！

——請不要開玩笑。

女僕相當嚴厲。明明自己倒是很常開玩笑……

——不過，也有人兼任P跟D的吧？

——是的，確實存在。老實說，不知道是人各有不同，或者該說是電玩公司不盡相同，對於P跟D並沒有劃分的規則。有進行統籌營運的D，也有會對開發現場提出意見的P。實際上並沒有辦法只依頭銜就清楚判斷。

——果然是這樣。

——因此，如果想知道這個人如何，最好還是閱讀他的專訪報導。實際上也有從來就沒接觸過開發現場，卻一副像是自己製作一樣出現在雜誌上的P。所以這個部分請放聰明點。

——知道了～

——很好。以上是女僕的講座。

「空太在跟誰聊天啊？」

從中途就探頭看著畫面的麗塔皺著眉頭。

「女僕。」

在被不合理地臭罵之前，空太就向麗塔說明了女僕的事。她原本是隔壁龍之介所製作的自動郵件回信程式ＡＩ，現在則展現出連聊天或會議紀錄都能應對的萬能。

「隔壁的房間是指那個遭遇率極低的罕見女孩子吧？」

「他是男的！而且妳連奇怪的表現方法都學起來了啊！」

這就是電玩的力量嗎？

「說什麼她是男孩子，就算扯這種謊我也不會上當的。」

「他的名字叫龍之介，是個不折不扣的男生！」

「……真的嗎？」

麗塔還是不相信。

「妳要不要今天去浴室確認一下？」

「可以嗎？」

明明只是開玩笑，麗塔看來卻有些高興。

——神田，有工作了。來我房門口一下。

說曹操，曹操到。空太依照指示走到走廊，隔壁房門口放了一台像冰箱的東西，當然不見龍之介人影。真是莫名其妙。不過，龍之介不可能會做沒意義的事。空太吆喝著把冰箱抬起來，並搬回自己房間去。

空太坐在電腦前，向龍之介提出疑問。

——我不記得有拜託你弄台冰箱吧？

——那是電玩的開發機材。把它放到電腦的旁邊去。

空太照他所說移動機材的位置。

「空太的行為就算保守來說，還是非常可疑喔？」

這是一定的吧？因為他就是照著龍之介所提出的指示行動。

謹慎地移動冰箱，設置在電腦旁邊。

「雖然是完全無所謂，不過還真大呢！」

就連過去覺得最大的硬體也比不上，大概有十倍以上。它的側面確實有電視遊樂器的ＬＯＧＯ。

無視於空太的驚訝，龍之介繼續不斷地輸入設定方法。插上電源線、接上ＬＡＮ，再將鏡頭與麥克風用ＵＳＢ連接上去。

幾分鐘之後終於完成。

空太打開開發機材的電源，電視上出現電視遊樂器的啟動畫面。與市售的東西不同的是，沒有多餘的裝飾，非常簡潔。還有就是顏色上有些微的不同。

接著空太又被指示將開發軟體安裝上去。從龍之介房裡的櫻花莊伺服器下載必要檔案，置入空太的電腦裡。最後，下載龍之介組好的「銀河貓喵波隆」程式資料夾。

——只要點一下執行資料夾就能啟動了。

空太照著說明操作，電腦畫面上有字母在跑，應該是檔案正在傳送。

麗塔首先發現了電視畫面切換了，空太也跟著將視線轉向電視。

在單調的灰色多邊型地板上，出現了美咲做的喵波隆3D模型。

「喔喔，出現了！」

——現在就驚訝還太早。

——你看得到嗎！還是聽得到？是竊聽嗎！還是偷拍！

——很容易想像得到單純的神田反應。

——是這樣嗎？

——站在鏡頭前面，出現「認證」的文字就輸入完成了。

空太將連接著開發機材USB的鏡頭放在電視前，接著稍微站遠一點之後，螢幕上就顯示出文字，約三秒鐘之後出現了「認證」。

但是，空太不知道接下來該怎麼做。因為離開電腦一段距離，所以看不到接下來的指示。

於是他只好先離開電視前面，並開始敲起鍵盤。

——太不方便了，你到我房間來！

——嚴正拒絕。

——站在鏡頭前面，就看不到電腦畫面了啦！

——去找人幫忙。房間沒有其他人在嗎？

——麗塔在。

——那個一直假笑的食客女嗎？

空太覺得龍之介的表現有些不協調，於是看著麗塔。她對空太的視線報以微笑，看起來非常自然，感覺是發自內心的笑容。

——她沒有假笑吧？

——神田的眼睛是瞎了嗎？你真是不了解女人啊。

雖然自己確實跟仁不同，完全不了解女性，但沒想到會被龍之介這麼說。

總之，他再度移動到鏡頭前面。

「麗塔，不好意思，幫我看一下赤坂的指示。」

麗塔答應之後便看著畫面。

「他說『兩手舉起來做萬歲的動作，眼睛就會射出光線』。」

空太聽了舉起雙手。

接著擺出姿勢的喵波隆從眼睛發射出青白色的光束。

「喔喔，真的是太厲害了！」

「『維持這個狀態繼續拍手，光束就會變粗』。」

空太依照指示拍手。

「空太好像猴子玩具喔。啊，這是我的感想。」

「真希望妳把這感想就這樣帶到墳墓裡去！」

隨著拍手的間距越短，光束就變得越來越粗大。接著，由於做得太過火，喵波隆的臉爆炸了。似乎是過熱了。

聲音辨識也已經安裝完成，當發出『喵波隆！』的叫聲時，喵波隆就會換裝成撲殺肉墊模式；叫著『加油！』時，就會面對畫面揮手。

戰鬥的基礎程式已經構築完畢，真令人期待完成的那一刻。

「真厲害呢。精度也很高，沒想到會是這麼棒的東西。」

空太玩過一輪後便離開鏡頭前。

他請麗塔讓開，然後向龍之介報告能夠確實動作。

——就剛起步而言進行得很順利。

龍之介留下似乎很滿足的話語後就登出了。

空太舉起兩手伸展身體，麗塔的存在進入視野當中。

「話說回來，妳有什麼事嗎？」

「關於明天的約會，有事要跟你商量。」

「真的要約會啊？」

「你以為是在開玩笑嗎？我可是一直期待著……太過分了。」

麗塔帶著收著下巴向上看的視線，故意裝出怯生生的樣子。這樣已具備足以讓空太動搖的破壞力。

「啊，不、不是啦。並不是忘了或想忘記，而是就憑我，真的可以跟麗塔那、那個、約會嗎……的意思啦！」

「不用解釋得那麼拚命啦。我明白空太的想法。」

麗塔似乎感到很有趣般笑了。空太總覺得自己完全被她玩弄在股掌之間。

「那麼，明天要怎麼辦？我什麼都還沒想……」

「請放心吧。因為是我提出的邀約，所以已經仔細想好約會計畫。」

「這樣啊。」

「是的。我幹勁十足地思考過了，敬請期待吧。」

麗塔說著，開始打量起空太的房間。一一確認過洗滌衣物後擅自打開衣櫥，「嗯～」地喃喃自語並開始挑選空太的衣服。

「話先說在前頭，被允許隨便打開別人房間衣櫥的，只有在電玩裡面喔。」

雖然如果是國外的電玩，也有可能當場被射殺……

「如果穿了跟要去的地方不相稱的服裝，我們彼此可都是會丟臉的。」

「妳打算帶我去哪裡？可以的話希望妳現在就告訴我！」

「這是秘密。」

麗塔用手指抵著嘴唇，露出惡作劇般的笑容，這個動作像一幅畫。接著，麗塔說著「這個就合格了」，挑選出白底簡單線條的襯衫，以及沉穩的深藍色牛仔褲。

「明天請穿這個。不然的話，我沒辦法保證空太的安全。」

「妳到底打算帶我去哪裡！」

「慎重起見，先試穿看看吧。」

麗塔伸手過來，企圖要脫掉空太的運動褲。

「太危險了，手快放開！會有東西掉出來啦！」

「我已經看慣雕像，所以免疫了。」

「我沒有被看的免疫啦！」

空太輕易就被逼到床的角落。

「男孩子最重要的就是死心。」

「在這種情況下，是要叫我對什麼死心啊！」

「好了好了，請趕快脫下來。」

麗塔一點一點地拉扯著空太的褲子，眼看內褲也快要一起被脫掉了。

「哇～～不要再拉了！會跑出來！會跑出來！真的會跑出來啦！」

「我不會把感想說出來的，所以請放心。」

「要是真的說出來了，我的精神會崩毀！」

「空太，現在有空嗎？」

這時，不巧真白走了進來。

「你在做什麼？」

「看起來像在做什麼？」

「像是正要被侵犯。」

「我的身體還是清清白白的！」

麗塔乾脆地放開空太的褲子。

真白看來像是在威嚇麗塔。她這麼明顯地對其他人表現出情緒，實在很罕見。或者該說麗塔這是第一次吧。

「怎麼了，椎名？」

「貓介與貓子的設計。」

真白遞出來的素描簿上，畫著劇情用的設計圖，有正面、側面、背面的三面圖。

跟平常真白畫的少女漫畫相比，是以較低年齡層為對象的設計。她變化的切割方式實在很厲害，考慮到是大人小孩都可以玩的活動表演，確實地表現出絕佳的平衡。

「美咲學姊怎麼說？」

「她抱了我。她說『是愛啊！』之類的。」

「那就很完美了。」

「這樣就可以了嗎？」

「嗯，我覺得可以了。」

空太無意間抬起頭，與麗塔視線對上。空太以為她想看，便把素描簿遞過去。

「我沒有興趣。」

麗塔繃著臉，並把臉別開。

這時候，手機的震動聲打了岔。

「空太，手機在響了。」

「嗯？喔喔，幫我拿過來。」

真白將手伸向桌上的手機，接著啪一聲打開，確認通話鍵後按下，一副理所當然的態度將手機貼近耳朵，然後開始通話。

「是的。」

「妳在對根本不知道是誰的人說些什麼啊！」

「我是椎名真白……跟空太……住在一起。嗯……飼主……」

因為真白的態度實在太過自然，以至於空太都忘了要吐槽。

真白看著空太。

「是空太要我接電話的。」

「我是要妳拿給我（註：日文中拿電話與接電話說法相同）！」

「日文真是困難啊。」

「還比不上妳就是了！」

接著，真白將手機交給空太。

「說是要跟空太講電話。」

空太不情願地接手。

「喂。」

『哥哥，這是怎麼回事！』

突如其來的大音量，令空太忍不住把手機拿離開耳朵。早就已經預料到，對方果然是妹妹優子。

「我還以為耳膜會破掉呢。」

『正想不知道你過得好不好才打電話過來的！我要求你誠實說明！』

「這說來話長……」

『意思是說你正在細細品嘗酸甜的充滿回憶充滿夢想的同居生活，根本說也說不盡嗎？而且還是飼主……飼主……已經遠遠超過想像的範圍了！』

優子的背後傳來父親的胡言亂語。『什麼？同居？』『而且還是飼主！』『可惡的空太！』『實在是太令人羨慕了！』『拋下我這個當父親的，朝自己的慾望勇往直前啊！』『不，不是的，孩子的媽！』『我只愛孩子的媽一個人啊，菜刀快收起來！』空太希望沒繼承到父親的遺傳因子。不過現在空太沒辦法管，所以決定不予理會。如果母親替天行道了，明天的報紙就會登出來，這樣就能確認結果了。

「妳聽好，優子。不是同居。因為不是戀人也不是女朋友。」

『你是飼主嘛！所以是寵物囉！』

「不要把話題帶到那個方向去。真的不是那樣。」

『那麼，是只有肉體關係嗎？』

「……優子，妳知道這句話的意思嗎？」

『當、當然知道啊！我有上過只讓女生聽的課啦。人家也已經是大人的身體了！』

「不，妳這麼大剌剌地告訴我這些情報，身為哥哥實在很困擾，不知該怎麼辦才好。」

『你要開心啊！』

「妳想把我變成戀妹控嗎……」

『是啊！』

「不要用盡全力地肯定！」

『哼～』

「妳太孩子氣了，也該停止這種行為了吧？妳明年就是高中生了喔？哥哥我可真擔心。」

『煩、煩死了！果然因為是親生妹妹所以不行嗎？那沒有血緣關係的妹妹就可以？』

「比起沒有血緣關係（註：日文中沒有血緣的親屬關係稱為「義理」），還是人情比較好吧。不過妹妹就倫理上是不行的。」

『完全否定了我的存在！看來今天只能淚溼枕頭了！反正，我反對哥哥同居就是了！』

「不，就叫妳聽我說了……」

「喀嚓」一聲，中途電話就掛斷了。

「為什麼我的周圍有這麼多不聽別人說話的人啊……」

「剛剛是誰？」

真白一臉認真地看著空太。

「空太隨隨便便就出手了。」

「妳在講什麼啊！那是我妹妹優子，親生的妹妹！住在福岡，偶爾會打電話過來。」

「連妹妹都出手，空太真是慾望無窮啊……」

「不要真的嫌惡地倒退好幾步！」

空太的抗議聲沒有進到麗塔的耳裡，她大大地打了個呵欠。

「睏了就快去睡吧。這樣對皮膚不好喔。」

「說得也是。而且明天還是快樂的約會呢。」

「椎名也回房間去，該睡了。」

麗塔嘴邊浮現耐人尋味的笑容走出房間。緊閉著嘴唇的真白直盯著她的背影。

「……」

「椎名？」

「明天要……」

「嗯？」

「小心點。」

「要小心什麼啊！」

「不要讓重要的東西被奪走了。」

「怎麼能奪走啊！放心吧，我還沒弱到那種程度。」

「也不可以奪走別人的。」

「放心吧，我可是很沒出息的。」

自己說著便感到空虛了起來。

「那我就放心了。」

「好啦，椎名也趕快回房間去睡吧。」

「嗯，晚安。」

在門口回頭的真白輕輕揮了揮手。空太覺得有些難為情，背對著揮手示意要她趕快離開。

明明還有其他該擔心的事。總覺得真白似乎還搞不清楚自己所處的狀況。

真白離開房間後，空太感覺胸口像是開了個大洞。明天還會再見面，但如果真白回英國去了，那就再也無法實現了。胸口的大洞，也會變得更大吧。

不是背對也不是面對，空太將手伸向桌上的分鏡。

「這不是打算用來製造回憶的。」

空太這麼告訴自己，又開始繼續進行作業。

5

隔天的星期日過了中午，空太便與過來房間迎接他的麗塔一起走出櫻花莊。

從藝大前站搭乘坐慣的區間電車，搖搖晃晃地抵達新宿。接著轉搭紅色的地下鐵，來到的居然是屬於大人的街道——銀座。

走下月台的瞬間，就有種彷彿來錯地方的氣氛，使身體僵硬了起來。

周圍來來往往的人群年齡層較高，幾乎沒有高中生。麗塔毫無畏懼的感覺，走在當中闊步前進。幸好空太不是要去便利商店買東西的打扮，麗塔還特地指定服裝，大概就是這個緣故吧。

麗塔穿著來到櫻花莊時唯一一件自己的衣服——俐落地展現身體曲線的整潔簡樸襯衫，下半身則是高腰百褶裙。毫無不協調感地融入街景的姿態，彷彿就是好人家出身的大小姐出來購物的感覺。總之，空太就是幫忙提行李的傭人吧。

「那、那個，麗塔大小姐？妳也差不多該告訴我目的地了吧？」

從大街上一路直走進來之後，空太出聲叫了走在前面的麗塔。

麗塔搖晃著閃閃發亮的金髮轉過頭來。

「再忍耐一下，閉上嘴跟上來就是了。」

麗塔故意用大小姐的語氣，並感到有趣地笑了。她的目光瞬間移到空太後方，空太並沒有漏看。他反射性轉過頭去，以正面、右邊、左邊的順序移動視線。再度仔細確認了，但是並沒有看到可疑的人影。

走出櫻花莊之後一直感覺到視線。雖然繃緊神經探尋是不是被跟蹤，但到現在都還沒抓到尾巴。

該不會根本就沒被跟蹤吧。

不，那是不可能的。仁與美咲絕對會因為覺得好玩而跟過來。七海要上訓練班的課所以應該不會，不過已經快下午三點……不能否定下課後與其他人會合的可能性。剩下的就是真白，完全無法預料她會採取什麼樣的行動。

「有誰在嗎？」

空太試著詢問麗塔。

「不知道耶。」

她以笑容敷衍過去，再度跨步走向目的地，不過立刻又像想起什麼事般停住。

「既然是約會，請你至少走在我的身邊。不然，我就要摟你的手囉？」

麗塔以如此平穩的口氣威脅，空太於是慌張地追上去。

雖然如此，但當空太一走到麗塔身邊時，麗塔就湊過來緊緊地抓住他的手臂，使他的右半身瞬間緊繃。

「可、可不可以放手啊？」

「我從剛才就感覺到男性的視線，所以這是預防害蟲的特別措施。只要強調『我有男朋友喔～』就不會有人動什麼歪腦筋了。」

不知道是不是地域的關係，空太倒是沒看到像會過來搭訕的輕浮男子……

「還是如果被捲入糾紛，空太就會來救我？」

由下往上窺探空太的麗塔，一臉勝利的得意表情。因為她很清楚，只要這麼說，空太就不得不答應了。

空太以沒被抓住的另一隻手掩著臉。總之，不先背個圓周率的話，理性就會敗給麗塔胸前的豐滿、體溫以及質感，那麼難保空太不會引起糾紛。

「妳好像對我完全沒戒心，這樣好嗎？」

空太實在有些窩囊，聲音還有一些變調了。

相較之下，麗塔倒是完全游刃有餘的樣子。之前她還說不習慣跟男孩子緊貼在一起，所以腳還直發抖……

「那空太會對我做什麼？」

「咦？」

「看吧，什麼都不會不是嗎？空太對我沒興趣這件事，我可是清楚得很。」

「沒、沒那回事喔？」

「明明有跟我在同一個房間過夜的權利，卻每晚都逃到飯廳去的，不知道是誰呢？」

「那、那是……」

「我覺得一般要是有女孩子睡在隔壁，健全的男孩子就會想做點色情的惡作劇。這實在讓我感覺心情很複雜。我就那麼沒有魅力嗎？」

「也、也會有因為對方太有魅力了，以至於無法出手的狀況啊？」

「你說的是真的嗎？」

「真、真的！」

「所以現在心臟也在蹦蹦跳呢。」

「就、就是說啊！」

心臟噗通噗通的，跳動得連自己也感覺得出來。

「既然這樣，那麼你沒侵犯我的事，我就原諒你了。」

「可以侵犯嗎？」

「當然。」

「咦！」

「當然不行。」

空太被麗塔摟住手臂走了好一會，正面出現一棟格外引人注目的建築物。結合幾個四角建築，壁面閃爍著厚重的光澤，散發出豪華與典雅的氣息。光看就知道這裡不是空太該來的地方。

然而麗塔卻在大樓前面停下了腳步。

「我還在想目的地該不會是……」

「就是這裡。」

空太再度掩面。

到底有幾層樓呢？由正下方仰望就讓人脖子痛。

「那個……這裡是……」

「飯店。」

而且還是老字號的一流飯店。

「果然是這樣。」

所謂飯店是什麼呢？飯店是住宿的地方。由約會與飯店組合而成的答案就是……

「因為是跟空太第一次的約會……想要在不會被其他人打擾的安靜地方……」

麗塔害羞地低著頭。

「不、不，等等！嗯，等一下絕對會比較好！」

但是麗塔卻使勁地猛拉空太過去。

「稍微等一下！真的等一下！妳真的打算奪走我的第一次嗎！」

「我會溫柔點的。」

「台詞相反了吧！況且妳有這種經驗嗎？」

「沒有。雖然是第一次……但是我有先做過功課，所以沒問題的。」

「妳那是哪裡來的自信啊！」

「請不要在飯店前面抵抗，讓女孩子蒙羞。」

麗塔以往上看的眼神這麼說著，空太的反骨精神一瞬間被粉碎。他的身體逐漸無力，被力氣不大的麗塔拖了進去。

空太努力讓自己重新振作精神。沒錯，只是走進去而已。只是進入飯店，什麼事都不做就好了。之前跟真白在賓館裡過夜時，也沒發生什麼事啊。

麗塔以大剌剌的腳步走進飯店，男性侍者深深地鞠躬致意。真不愧是老字號飯店，員工教育做得很徹底。被這麼有禮貌地對待，反而覺得身體癢了起來。

麗塔疾步走進正門，腳步往電梯方向移動。

「不需要訂房登記之類的嗎？」

「我已經先說過了。我是不會出任何差錯的。」

兩人搭上電梯，在電梯門要關上的時候，空太沒注意到麗塔正注視著大門口。

抵達二樓時，響起一陣音色沉穩的鈴聲。

一步出走廊，空太的手就被麗塔用力拉住。

「這邊，快一點。」

即使腳不聽使喚，空太還是跟著追上麗塔。

「怎、怎麼回事啊？」

「反正請安靜地跟上來！」

在走廊盡頭轉彎後，麗塔立刻停住腳步。

「嗚喔！」

因為太過突然，空太便往麗塔的背衝了上去，鼻子撞上她的後腦杓，立刻感到一陣劇痛，眼角淌起淚水。

「要停下來先講一聲！」

「噓！請不要發出太大的聲音。」

正想問為什麼的空太，在發出聲音之前就被麗塔以兩手摀住嘴。麗塔就這麼將自己的體重壓了上去，把空太推往走廊牆壁。

空太完全搞不清楚發生了什麼事，相互碰觸的胸前傳來麗塔的心跳。察覺到這一點的空太，內心更加動搖了起來。眼前就是麗塔美麗的臉龐，每次眨眼，纖長的睫毛便誘惑著自己；微張的粉唇鮮豔欲滴，想碰觸的欲望油然而生。

空太下意識地吞了吞口水，結果麗塔又生氣地要他安靜點。

麗塔一直注意著轉角的走廊那頭，現在也閉著眼睛仔細傾聽那個方向。

空太好奇那邊有什麼東西，也將注意力轉向走廊。

有腳步聲。一個，不，有兩個吧？聽來都很輕盈，應該是女孩子。腳步聲逐漸接近。

就快到了。

正想著「到了」的瞬間，轉角真的衝出兩個人。

視線對上。

「啊！妳們！」

「咿？」

「啊……」

三個人同時出現驚訝的反應。

現身的是真白與七海。

「妳們喔……」

事到如今七海還想從剛走過來的走廊折返回去。

「不准逃！」

「這、這並不是那樣的。」

「哪裡不一樣了？」

面對空太追問的眼神，戴著眼鏡、連帽子都戴上的七海別開視線。

「是巧合喔，空太。」

表情絲毫沒變地這麼說著的人是真白。

「哪有這種被設計好的巧合啊！別說蠢話了！」

「笨蛋。」

「那是什麼意思？」

「……」

「椎名？」

「笨蛋。」

「我不是那個意思！話說回來，另外兩個人在哪？」

空太從走廊轉角處露出臉警戒周圍。沒看到仁與美咲的影子，但是，他們絕對就在附近。

七海保持沉默；真白也面無表情地反抗著。

「老實招了吧？」

「算了，有什麼關係呢？」

麗塔介入空太與真白之間。

「難得在這種地方巧遇，不嫌棄的話要不要一起來？」

「不、不，不用了。」

「還問要不要一起來，麗塔妳到底打算做什麼？」

看來七海也不想再繼續丟臉了吧。

「當然就是空太正在想的事啊？」

這裡是飯店；男女比例是一比三。

「不，那是不行的！」

「你、你在想些什麼啊？神田同學！」

「那麼，就讓我們四個人好好期待吧。」

「所以到底要做什麼？」

「就是前面展示大廳所舉辦的『現代美術展』。」

空太與七海內心的動搖，因為麗塔的這句話立刻冷卻下來。

「你以為是什麼？」

明明很清楚還這麼問，之後麗塔便先往走廊走去。

付了高中生的鑑賞費一千六百圓，空太、真白、麗塔與七海四個人便走進舉辦期間限定的現代美術展會場。

感覺腳步往下沉，原來是因為地毯，實在令人平靜不下來。就算被說不用脫鞋子還是會想脫，因為是日本人的關係吧？或者單純只是貧窮個性使然？總覺得以上兩者皆是。

麗塔在前面緩緩前進。寬廣的大廳由伸縮圍欄分隔開來，等間隔展示著以華麗外框裝飾的繪畫。

挑高的天花板，走動時也幾乎沒有腳步聲。彷彿圖書館般的安靜，加上豪華排場的高度緊張感讓人窒息。

其他一幅幅仔細鑑賞的客人全都是成人，有蓄鬍具威嚴的老人家、穿著和服的女性，還有穿西裝的男性。不知道是不是場所跟氣氛的關係，大家看起來都像是知性的有錢人。

他們的步伐彷彿小溪流般緩慢，甚至讓人覺得就連時間的流逝也跟著變慢了。無法產生共鳴的空太，拚命壓抑住想要超越其他客人的心情，竭盡全力試圖緩慢地行走。

他想趕快抵達出口。才這麼想，就走到了解開伸縮圍欄的寬廣大廳。三三兩兩的客人，正興致盎然地欣賞著繪畫。

因為視野一下子變廣的關係，使得不舒服的感覺更加嚴重了。失去隱身的處所，便在意起周圍客人的視線，讓人忍不住想說「我馬上就離開，請饒了我吧。」

在這當中，麗塔的態度始終落落大方，兩手揹在身後，或遠或近仔細看了每一幅畫。畢竟一直學習繪畫，所以大概對於這種地方已經習以為常了。

而空太卻連該怎麼欣賞繪畫都不知道。

「有點緊張呢。」

對空太這麼耳語的人是七海。

「青山妳真是厲害啊。我可是一直都超緊張的呢。」

「抱歉。我剛剛是虛張聲勢。」

七海誠惶誠恐地畏縮了起來。同樣是不習慣的夥伴，只能相依為命、互相幫忙了。

好奇真白又是怎麼樣，空太回頭一看，發現她正盯著一幅畫。與麗塔一樣融入周圍的空氣，絲毫沒有害怕的樣子。

空太站在旁邊看著畫，七海也做出同樣的動作。

老實說，完全不知道為什麼真白會停在這幅畫前面。那是被雪覆蓋的老街街景畫，地點大概是歐洲的某處吧。雖然畫得很棒，但是除此之外也沒什麼。空太感覺自己果然缺乏理解藝術的資質。他與七海對看，七海彷彿同意空太的意見般，露出苦笑搖了搖頭。

這時麗塔走了過來。

「空太，還有七海小姐。有東西想讓你們看，請往這邊。」

麗塔在耳邊竊竊私語後便走了，空太與七海跟在她身後，而真白依然站在畫前動也不動。

跟隨著麗塔，空太與七海被帶往大廳中央——本次美術展主題繪畫的展示區域。

這裡展示著一大幅畫——想像的海洋的畫。與真實的海洋略有不同，讓人覺得那是實際有生命的東西。

這幅畫一開始並沒有帶來什麼感覺，但是看了一會之後，傳來了風的味道；海浪聲搔著耳朵；身體感覺到海洋的聲音。

腳邊逐漸失去感覺，全身彷彿麻痺似地無法動彈。空太心裡才正這麼想著，就被海洋給吞噬了。

受到粗魯的歡迎之後，緊接而來的是溫柔的擁抱。平穩的海浪彷彿搔著全身肌膚般輕撫著，終於滲透到體內，浮現在胸口一帶。

像是被直接觸摸神經似的，一陣快感竄過全身，感覺到全身的毛細孔都張開了。

不可思議的是，身體並沒有流汗。

空太無意識地眨了好幾下眼睛，才注意到畫底下畫家的名字。

剛開始映入眼簾時，空太並不了解那是什麼意思。

因為上面寫著認識的名字。

椎名真白。

是非常熟悉的名字。

「這是真白的……」

被帶進夢中的七海，以茫然的眼神看著畫。

「這是來到日本之前……真白最後畫的作品。」

不管是麗塔或是七海的聲音，空太聽來都覺得好遙遠。

意識與感覺都受到真白繪畫的囚禁，而這令人感覺很舒適。

技術上非常優秀，或者藝術上相當卓越，這些東西空太完全不懂。但是，這幅畫所釋放出的壓倒性存在，確實地抓住了空太內心深處。

以前曾經在網路上看過真白的畫，那時也起了雞皮疙瘩，彷彿感受到了無窮無盡的情感。

現在則不是那麼回事，情感想從體內爆發出來，想要衝到繪畫的世界裡去。

「怎麼會有這種事？」

不自覺說出口的感想，確切地表現出空太的心情。

麗塔拉著他的手讓開，讓後來過來的客人欣賞。

情感無法立刻回到自己的身體。

「這個，全都是真白嗎？」

發著呆的空太意識，因為七海的聲音終於醒了過來。

不知何時，眼前出現了玻璃櫃。啊啊，對了，因為剛剛被麗塔拉走了。櫃子裡放著的是外國的報紙或雜誌的評論報導。

照片上有年幼的真白。在畫前跟她握手的，是兩年前還任職英國首相的人物，旁邊則站著好萊塢的知名導演。其他還有有名的足球選手及演員，好幾位名人都以興奮的笑容看著真白，這些盡收照片當中。

再次從較遠的地方看著真白的畫。對於其他畫只是經過的客人，都在真白的畫前停下腳步，就像蝴蝶群聚在有甜美花蜜的花朵上。真是不可思議的光景。

有點年紀的女性直盯著真白的畫，眼睛眨都不眨一下。她的心被完全奪走了吧？空太心裡這麼想著。剛剛自己也是如此。女性發出不成言語的感嘆，眼角開始浮出淚水，但並沒有動手拭去眼淚，大概是沒察覺吧。

至今從未接觸過的情感，現在也還存在自己體內。空太不知道該如何稱呼這個東西，唯一想得到的詞句，就是麗塔之前說過的……

「這就是所謂的壓倒性嗎？」

「有稍微了解真白的事了嗎？」

麗塔的目光落在正欣賞著對面牆上展示畫作的真白背影。而當中所蘊含的情感，被厚重的門所遮蔽，因此空太無從辨別。

「如果這只是稍微，我實在沒有全部都能了解的自信……」

空太說出實在的真心話。七海則咬著嘴唇。

「我相信真白只有在藝術的世界才能夠綻放空前的光芒。所以，你們兩位能不能也幫我跟她說『希望她回英國』？」

「會說這種話的人，為什麼要教椎名怎麼使用電腦？」

空太提出問題來取代回答，說不定只是想岔開話題。

「麗塔應該也知道那是為了畫漫畫吧？」

「那麼我反問你，如果是空太，會不教她嗎？」

麗塔直率地看著空太的眼睛。

「如果是我……應該會教吧。」

空太彷彿把話硬擠出來似地這麼回答。

「是因為想為努力要當漫畫家的真白加油嗎？還是因為敵不過真白的堅持？或者是因為別有用心？」

面對麗塔調侃的開朗語氣，空太一點也笑不出來，因為他正潛入更深層的地方。

「因為會覺得受不了。」

「……」

麗塔的吐息夾雜著些微的緊張；七海則是難受地低著頭。

「因為在自己想前進的道路前方，有像椎名這樣的人……」

他抵抗著侵蝕內心的感情，不讓聲音變調，好不容易說出話來。

「答對了一半。」

「為什麼是現在？為什麼現在才要把她帶回去？椎名以漫畫家為目標，這對麗塔而言不是比較有利嗎？」

「就是因為不知道這一點，所以才說你只答對了一半。不過比起一直在真白身邊而知道一切，那樣還比較好。所以，請協助我，為了能將真白帶回英國去。」

「這種事怎麼可能辦得到？真白並不想這樣。」

先如此回答的是七海。

「如果真白回英國去，對七海小姐而言不是比較有利嗎？」

「什麼意思？」

「我可以說出來嗎？」

麗塔瞥了空太一眼。

「……」

七海那看著麗塔的眼神變得更加銳利了。

「妳很清楚嘛。」

「別開玩笑了……我沒有那樣想過。」

「那麼，對於今天看到的東西感覺如何？」

「那是……該由真白自己決定的事。」

「妳沒回答我的問題喔？而且妳剛才說的，不就像是表明已經察覺自己的心情了嗎？」

「……我都說不是了。」

七海背對著麗塔，接著逃也似地往真白的方向走去。

「真可惜，我被甩了。不過就算只有空太，如果你願意協助我，我會很開心的喔？」

「為什麼要對我說這種話？」

怎麼可能說服得了真白？自己不可能有這樣的影響力。

「因為我覺得如果是空太說的話，真白就會聽進去。」

「別開玩笑了。」

空太不想被看到窩囊的表情，深深地低著頭。

不可能讓她感受到；至今也從未讓她感受到過，而且未來也不可能吧？空太現在深刻地這麼覺得；看了真白的畫之後便如此確信。

空太無法理解藝術的美，也不知道真白的畫有多大的價值。不過，名垂青史的名畫這句話，已經在空太心中產生了現實感。

正因如此，所以更加覺得不了解真白了。

擁有獨一無二的才能，已經獲得極高的評價，為什麼不朝著這條路走呢？真白到底在追求什麼？為什麼要如此痛苦折騰著繼續畫漫畫呢？明明沒必要這麼做。

真白擁有所謂繪畫的世界，只有自己的世界……已經擁有能夠斷言就是自己的東西……空太或其他人想要的東西。

如果自己也有像真白一樣的才能，會毫不猶豫地朝那條路邁進吧。

空太驚覺心中這個萌芽的想法而抬起頭來。麗塔已經不在眼前，她正在看其他的畫——說不定這是最起碼的救贖。

「……是這麼回事嗎？」

猶疑動搖的情緒聚合為一，心中莫名地沉穩——空太客觀地看著這樣的自己。

——真白應該回歸藝術的世界。

這就是空太歸納出來的答案。

第三章

因為真的喜歡 才真的討厭

1

「真糟啊。」

空太在頂樓打開便當，旁邊傳來無精打采的聲音。

和煦的陽光，風也不冷，是秋高氣爽的氣候。九月到了第四週，也沒了濕濕黏黏的夏季殘影，這幾天接連都是舒適的天氣。

因為早晚有些涼意，所以也常看到已經早早換上冬季制服的學生。集合在頂樓的櫻花莊成員裡，真白與七海兩個人就穿著長袖的衣服。

「真糟是指番茄嗎？」

龍之介大口咬著整顆番茄，並捲動著筆電畫面。

「番茄很好吃，完全跟難吃（註：日文中「難吃」與「糟糕」音同）扯不上邊。別侮辱它，它可是我在這世界上最信賴的存在。」

看他一臉認真地這麼說著，老實說只覺得令人困擾。

「你對於番茄的完全信任，真讓我覺得超可怕的。」

「話說回來，到底是什麼糟了？」

仁一屁股坐在遠足用的塑膠薄墊上，正要從美咲手上接過便當。仁每天的便當都是美咲做的。那麼自然的互動，怎麼看都覺得像是交往已久的戀人。七海忍不住想歪頭疑惑的心情，空太非常能夠理解。

一週開始的星期一。每週這一天的午休，櫻花莊成員都會進行為文化祭製作的「銀河貓喵波隆」進度會議。

之所以會在學校召開，是因為回到櫻花莊裡，龍之介就會窩在房裡足不出戶。

空太、真白、七海、美咲、仁以及龍之介六個人圍坐成圓圈。

「糟糕的是這個。」

龍之介把筆電畫面朝向圓的中心，其他五個人便探頭看去。

畫面上顯示出製作期程。

龍之介以程式設計師的觀點做出了實際的計畫，在企劃、計畫方案、繪圖、程式、腳本、聲音等六個區塊個別寫了滿滿的作業項目。

因為是從九月八日開始做，所以製作期程大約是兩個月。將這兩個月切割為三個階段來構成期程表。

第一個階段是從九月八日起的兩週內，是以技術面檢視作為目標的「試作」期。情節構成與角色設計也在這段期間進行。

第二階段是「正式製作」，預定約一個月。量產繪畫與聲音的素材當然不用說，也以將遊戲製作成可以玩的狀態為目標。「正式製作」期間的最後一天——十月二十日的日程欄裡寫著「所有設計搭載完成」。

最後的第三階段是進行難易度平衡或除錯的「調整」期。

現在是順利完成第一階段、進入第二階段已經過了一週的時間。

「不是照著進度進行嗎？」

七海的表情寫著「到底哪裡糟糕了？」

「嚴格說來，是劇情部分的繪畫素材晚了兩天。」

「我會加油的。」

真白將煎蛋捲送進嘴裡並這麼說著。

「現在也正以驚人的速度與水準製作素材。再這樣下去，由一個人負擔很不實際。因為原本就不是個人能夠負擔的鏡頭數量，我提議增加人手，或是減少鏡頭量。累積岌岌可危、不一定可以完成的數量是危險的。這次的製作如果在文化祭結束後才完成就沒有意義。」

「我不要減少數量。」

真白反駁龍之介。

「但是……」

真白搶在之前繼續說道：

「想把喵波隆做好。」

「……」

瞬間全場鴉雀無聲，因為大家從真白的話裡，感覺到「搞不好這是最後一次」的意思。

空太忍不住將眼神別開，接著與七海的目光對上，並緊緊閉著雙唇。

「看來該是我出場的時候了呢！我來幫小真白囉～！」

早早吃完便當的美咲，邊瞄準空太的配菜邊這麼說著。

「上井草學姊還有製作模型的作業，沒有那個餘力。這禮拜還有動作拍攝，影音特效也非做好不可。」

「那麼，就增加人手吧！拉有趣的夥伴來加入吧！」

把筷子伸過來的美咲，從空太的便當盒裡奪走炸雞塊，很滿足似地一口塞進嘴裡吃掉，空太連抱怨的機會都沒有。

「但是，增加人手也不容易吧。」

「我覺得校內沒有人想跟櫻花莊扯上關係。」

七海露出苦笑。

「優秀的人才都被搶走了吧。」

志願參加文化祭的並不只有櫻花莊，再加上班級的節目準備也進行得如火如荼，人力不足的事時有所聞。

到文化祭當天還有一個多月的時間，校內已經充滿祭典前靜不下來的氣氛。

所以，很快就有情侶誕生了。水高的學生們流傳著交往中的男女要交換不同顏色校徽這種令人害羞的文化，即使消息不是很靈通的人，光看領口也知道對方是不是已經有男女朋友了。

空太的班上也有兩個因為一起準備文化祭而開始交往的人。往年的情侶都是到文化祭當天就分手，教室一角就會瀰漫著混沌的氣氛。希望不會變成那樣。

「況且，有能夠配合椎名實力的人嗎？」

「這正是最大的問題。」

對於空太說的話，仁深深地點頭，就連美咲也開始煩惱地呻吟。真白所完成的素材水準之高，就連外行人的空太也很清楚。

沒有人能想出好對策，這時真白開口了。

「有啊。」

「咦？」

「妳有什麼頭緒嗎？」

七海這麼問道。

「嗯。」

真是令人意外。是美術科的同班同學嗎？

「是誰？」

眾人的目光聚集在真白身上，她把名字說了出口。

「麗塔。」

「啊啊，原來如此……」

還有這個方法啊。如果是麗塔，確實手邊並不忙，實力也是可以保證的。之前空太曾經看過麗塔畫分鏡，她不愧是從小跟真白在同一個畫室學畫的人，不論是描繪線條的方法，或者手指的運用，都與外行人完全不同。

只是，還有問題。

「她之前說過已經不畫畫了喔？」

那麼會畫畫的人不畫了，其中一定有什麼原因吧？而且很輕易就想像得到，這原因與真白有很大的關係。

「麗塔不可能不畫的。」

「可是她本人這麼說了……」

「她沒辦法不畫的。」

「為什麼妳這麼認為？」

「因為麗塔喜歡畫。」

真白以這麼簡單的言語說明理由，就沒辦法反駁她了。

「看來她似乎是真的有實力。」

龍之介從螢幕上抬起頭來，再度把筆電的畫面轉向大家。

畫面上顯示的是免付費的百科全書，項目欄裡寫著「麗塔．愛因茲渥司」。

看來似乎是將原來的英文網頁，用軟體翻成日文，雖然有點不容易閱讀，但要掌握內容已是綽綽有餘。

上面介紹她在美術比賽的得獎經歷，還有藝廊展示著她的作品。

看著網頁的空太，提出了理所當然的疑問。

「這已經是職業級了吧？」

「空太，你沒在開玩笑吧？」

空太覺得真白正以憐憫的眼神看著自己。

「你們那時沒看到嗎？」

「看到什麼？」

「什麼意思？」

真白清澄的目光看著空太與七海。空太因為不知道原因，與七海面面相覷。

「美術展上有麗塔的畫。」

「咦？」

「不會吧！」

空太與七海同時感到驚訝。

「你們兩個人當時在看什麼東西？」

真白話中的意思彷彿是不看麗塔的畫，還有其他值得看的畫嗎？不過現在實在想不起來，記憶裡只有真白的畫。

麗塔自己也完全沒提到自己的畫。不過，說不定她正想說這件事。

雖然記得真白的畫，卻不記得是不是看到麗塔的畫了，而空太也不記得有關其他畫的事。這兩者之間有多大的差距，顯而易見。

「反正，沒有其他可以幫忙的人也是事實，只能先拜託她看看了。不行的話，就減少鏡頭數量。這樣可以吧？」

對於仁的提議，大家都沉默地接受。

「我也會先思考削減劇本的方案，反正上課也很無聊。」

七海似乎想說些什麼。

但是，在那之前仁又轉換了話題。

「還有其他要討論的事嗎？」

「啊，有一件關於志願參加許可的事。」

七海很規矩地舉了手。

「喔喔，真不愧是小七海！已經獲得許可了啊？」

「不是，是要我們提出企劃書說明內容，說是如果覺得內容沒問題的話，就會許可。」

「意思是要向執行委員提報嗎？」

從剛剛開始七海就一直看著空太，開始感到一股不祥的預感。

「對文化祭執行委員、水高學生會以及大學學生會提報，三個一起辦。」

「咦！」

沒想到會附加兩個學生會。

「真是太好了，空太。終於有統籌的像樣工作了。」

仁在眼鏡底下的那雙眼睛笑著，完全就是大爆笑。

「時間是明天放學後，地點在水高學生會辦公室。」

「明、明天？那準備時間呢？」

「企劃書已經寫好了啊！好事不宜遲啊，學弟！」

「我現在說的是心理準備的時間！」

「放輕鬆去做吧。如果提報失敗，不過就是手法都被知道，了不起劇場關門而已。要是變成那樣，雖然要找到上映地點會變得很困難，不過不用在意。完全不用在意喔。」

「請不要給我壓力！」

看來只能將下午的上課時間，全部花費在準備提報上了。七海一定也會睜隻眼閉隻眼吧……大概。

每件事都太匆忙了，沒有閒工夫慢慢思考。總之，現在要最快完成的，就是明天報告的準備，還有就是請求麗塔協助。

蓋上空了的便當盒，校內廣播正好開始播放。

『以下同學請盡速至教職員室報到。』

是廣播社女學生的聲音。

『三年級的三鷹仁同學，高津老師有事找你。重複一次……』

同樣的內容廣播了兩次。

恢復寧靜之後，仁站起身來。

空太抬起頭，仁則以眼神示意什麼都不准說。高津老師負責指導志願填寫，所謂的有事一定是有關報考外校的事。

「你們兩個人太奸詐了！只用眼神就能溝通，人家也要參一腳～～！」

這一幕被敏銳的美咲察覺了。

「到底是因為什麼事被叫去啊！」

美咲提出了直率的疑問。

「不知道是什麼事，不過也不能置之不理吧。我去去就來。」

仁以輕鬆的態度這麼說著，便離開了頂樓。

「學弟，保持沉默是沒有用的喔！」

美咲的臉逼近過來。

「你鄉下的母親正在為你哭泣喔！」

空太被抓住衣領用力地搖晃，剛吃下肚的便當都快吐出來了。

「我、我不知道啊！」

「總覺得仁最近怪怪的～～！」

「絕對比不上美咲學姊怪！」

美咲繼續用力地搖晃空太。

「我覺得他有事瞞著我～～！」

外星人的直覺相當敏銳。

「請、快住手……真的快吐出來了！」

「前陣子去銀座的時候也是。」

「……妳剛剛說銀座？」

空太好不容易擺脫了美咲。

「妳果然跟蹤我們嗎！」

「那當然啊！」

被如此爽快地承認也實在令人困擾，對於沒有罪惡感的對象要如何抱怨才好……

空太的表情開始變得僵硬，在旁邊的龍之介闔上筆電站起身，並且多嘴說了一句：

「說到高津，是負責指導志願填寫的老師吧。」

美咲對此產生反應，衝了出去，企圖追上仁。

「啊、等一下，學姊！」

美咲沒聽見制止的聲音。不會有事吧？雖然不知道仁跟高津老師要談什麼，但是只要一聽就會知道是有關報考外校的事。

空太拿出手機，傳了簡訊給仁。

——美咲學姊追過去了。

接著他立刻收到回信。

——我知道。

不愧是青梅竹馬，對美咲的行動模式瞭若指掌。

自行決定解散的龍之介，不發一語地走回校舍。

這時預備鈴響起。

「椎名，妳下午是實習課吧？動作快一點。」

「知道了。」

到最後都還在吃便當的真白，一邊喝著利樂包紅茶離開了頂樓。

現場只剩下空太與七海。

空太還想繼續午休，於是坐在長椅上。七海面向另一邊，在空太旁邊坐了下來。

「神田同學也知道三鷹學長報考外校的事啊？」

「咦？為什麼青山妳會知道？」

「大概是在暑假的第一天吧，我因為積欠一般宿舍的住宿費而被叫到學校來……那時正好在教職員室看到三鷹學長與高津老師在談話。」

「……喔喔，那一天啊。」

就是七海後來遇到陪著真白補考的空太，接著被邀到櫻花莊住的那天。

「上井草學姊……果然還不知道吧。」

「仁學長說要自己告訴她。」

「這種事真是令人討厭呢。」

「但是也不能因為這樣就告訴美咲學姊吧。」

「是這樣沒錯……但還是不喜歡。」

空太沒有回答。

好一陣子空太望著自己的腳趾頭，七海則看著天空。在頂樓的學生紛紛回到校舍，差不多是上課鐘要響起的時間了。

七海看著手機顯示的時間。

「咦？青山，妳的手機復活了啊？」

原本應該因為積欠電話費而被停話了。

「雖然我覺得沒有也無所謂，但是上井草學姊擅自幫我繳費了……所以囉……」

空太可以理解七海苦笑的原因。

「那個人真的是很亂來啊。」

這時空太跟七海的對話沒有繼續下去，但兩人也沒有要走回教室的意思，因為主要問題還沒解決。

「你覺得麗塔小姐的事沒問題嗎？」

「不知道。」

空太覺得七海也正想著同樣的事，所以就算突然來了這樣一個問題，空太也不感到驚訝。

──現在已經不再畫畫了……已經放棄繪畫……

麗塔來到櫻花莊的那個晚上，是以什麼樣的心情說出那種話的呢？

至少知道她並不是抱著因為完成了什麼東西而感到暢快的心情不再作畫的，也知道她不是因為想放棄而不再繼續……而且也隱約理解她不得不放棄的理由跟真白有關。

「我想要相信朝著自己想走的道路前進，是一件幸福的事。」

「如果青山妳擁有跟演技無關的莫大才能，妳會怎麼做？比方像椎名那樣的。」

七海把臉轉過來。

「你該不會想幫麗塔吧？」

「不管我說什麼，椎名都無動於衷。」

「我不是在問那種事。」

「我知道。只是有些事我也不想說出口。」

如果說出口，就像是承認了內心的感情，所以感到害怕。說不定還有逆轉的機會，但是一旦說出口就好像會把這個機會完全抹煞掉……

「是這樣沒錯……但是有些事是希望對方能說出口的。」

「說得也是。青山妳說的沒錯。」

絕口不提只不過是敷衍自己跟他人的行為。雖然很清楚這一點，但空太還是沒辦法說出自己內心所想的事。

這時下午的上課鈴聲響起。空太跟在七海之後，也從長椅上站起來。

再次看了遠方的天空，想要找尋某些東西。但是映入視野的只有灰暗厚重的烏雲，就像沉睡在空太心中的不安，正一點一滴地逼近過來。

接著彷彿是想別開視線一般，空太逃往校舍去了。

2

在這天回家的路上，空太、真白、七海與龍之介四個人很罕見地走在一起。

「好像會下雨呢。」

七海看著天空說道。

白天明明還是晴朗的天氣，現在天空卻佈滿了灰色的雲，因此天色有點昏暗，感覺稍微冷了起來。

大概是因為這樣，四人的對話也不熱絡。

來到通往櫻花莊的緩坡道，在稍前方發現了麗塔的背影，大概是到商店街採買之後正要回家吧。只見她穿著圍裙，雙手提著塑膠袋。

「麗塔！」

空太出聲叫喚，麗塔停下腳步轉過頭來。

他小跑步追了上去，接下較大的塑膠袋。袋子裡塞滿了蔬菜跟水果，手臂感覺變得沉重。

「今天的菜單是？」

「今天想挑戰仁教我的馬鈴薯燉肉。」

麗塔笑容滿面地回答。

五個人繼續往前走。走在前面的麗塔很得意似地跟真白聊著仁教的食譜；走在後面的空太，不知為何望著麗塔的背影。

雖然那天麗塔向空太與七海提出協助的要求，但在那之後她就沒再提起要說服真白的事。

後來仍一如往常，笑著輕鬆帶過仁的邀約，幾乎每天都跟美咲進行電玩對戰，有時也擔任照顧真白的工作，看來就像是對寄住在櫻花莊的生活樂在其中。

不知道麗塔的心裡在想什麼，空太與七海都感到煩悶不舒服。空太現在也只是與同樣望著麗塔背影的七海對看，然後互相歪著頭感到不解。

終於，五個人抵達櫻花莊。

為了叫住走在最前面的麗塔，真白突然提起文化祭的事。

「我有事要拜託麗塔。」

將手伸向門扉的麗塔緩緩地轉過頭來。

「是要我帶妳回英國嗎？」

「不是。」

「那真是太可惜了。那麼，是什麼事？」

「希望妳幫忙喵波隆。」

麗塔歪著頭。

「妳知道我們正在為文化祭準備作品吧？」

空太補充說明。

「因為人手不足。」

「所以要我幫忙嗎？」

「就算現在開始找人手，也沒有手邊不忙的人。況且大概也沒有人能配合椎名的水準……」

椎名說如果是麗塔就沒問題。」

「……」

麗塔瞬間露出思考的表情。看到這樣的反應，空太心裡也覺得這搞不好可行。

「我也拜託妳。」

七海也開口了；龍之介則是沉默地等待答案。

「如果是這件事，我拒絕。就憑我是配不上真白的。」

麗塔依舊一臉笑容，清楚地說道。接著轉過身打算開門。

「沒那回事。」

「……」

「麗塔很擅長畫畫。」

「請不要這樣，我已經不畫了。我已經決定再也不畫了。」

「為什麼？」

「……！」

麗塔緊咬著牙，發出令人討厭的聲音。隨著牙齒磨擦的刺耳聲音，現場出現一股凍結的緊張感。

麗塔緩緩地轉過頭來，臉上已經不見充滿陽光般溫柔的笑容，體溫與臉上的表情，如同波浪退去消逝。

「麗塔明明很擅長畫畫的。」

「……玩笑了。」

「麗塔？」

聽到麗塔毫無感情的聲音，背脊不禁一陣發涼……一開始甚至不覺得那是她發出的聲音。

「……請不要開玩笑了。」

站在眼前的麗塔表情判若兩人，已不見總是閃耀著的美麗優雅光芒，只剩下退到冰點以下的感情。

「真白沒資格說這種話。」

她的口氣也帶著冷漠，徹底地平靜。

「只有妳沒有資格說這種話。」

聲音完全不帶感情，這更擾亂著空太的心。完全不知道在麗塔情感的終點，究竟會有什麼東西等待著。

「為什麼……」

真白彷彿央求般將手伸向麗塔，她對於麗塔的驟變也感到困惑。

麗塔面對真白內心的動搖，只瞥了一眼便不當一回事。

「妳以為是誰害的？」

麗塔的嘴角微微地笑了，就像一朵美麗的花被捏爛般的表情。

因寒顫而憋住氣，無法順暢地呼吸。

「妳以為是誰害我放棄畫畫的？」

每當耳膜捕捉到麗塔的聲音，本能就感到害怕。

「全不都是真白害的嗎？」

麗塔空洞的眼神貫穿真白，使得她只能佇立不動。

「……為什麼？」

真白彷彿小孩尋找母親般，就像遺忘了其他字彙一樣，只是一直重複著這句話……

「被真白害得放棄作畫的不是只有我喔？」

「……為什麼？」

「妳真的都不知道耶。不過這才是我們所憧憬、想追也追不上，而且比誰都還要可恨的椎名真白。」

真白無言地不斷眨著眼。空氣以麗塔為中心凍結了。

「妳還記得跟我還有真白一起在爺爺的畫室裡學畫的孩子們嗎？」

「記得。」

「妳有察覺到那些孩子們每個月都一個接一個地從畫室消失了嗎？」

「……」

「什麼時候誰不見了，妳記得嗎？」

「……我……」

「真白大概連名字或臉都不記得吧？」

「……」

真白的沉默肯定了麗塔說的話。

「眼裡只有自己的畫，真白真是什麼都不了解呢。」

「為什麼？」

這句話重複了第幾次？

「我不是說了是真白害的嗎？因為認識真白，所以開始討厭最喜歡的繪畫，比什麼都還要憎恨，連畫布、畫架還有畫筆都不想再看到。」

麗塔睜大的雙眸裡，映著縮小的真白。真白的眼裡充滿了不安。

最好不要再聽下去了，這也是為了真白好。但是，空太卻沒辦法阻止麗塔。他就像是被定住似地身體動彈不得，也發不出聲音。

「爺爺畫室裡的孩子們，跟在繪畫教室裡天真無邪的小孩是不一樣的。他們是為了學習專業的繪畫，以成為名畫家為目地才從英國各地、世界各國遠道而來的孩子。」

一開始真白與麗塔也是這樣吧。

「每個人都擁有很棒的表現力。雖說是孩子，卻都已經是藝術家了。但是，在只聚集天才的畫室裡，就連天才也變成一般人……因為是出生以來第一次遇到繪畫比自己更棒的對手……畫室就是這樣的一個地方。知道會有競爭對手，所以每年都有好幾個因為受不了而立刻放棄的人。因為本來一直以為自己是特別的，結果卻不是那樣，呈現在小孩子眼前的現實，是非常殘酷的。不過，只要是在才能的世界裡，這些都是理所當然的事。沒錯，是理所當然的，但是我們那時的情況有些不一樣，因為真白的存在……」

「我……」

「沒錯。不管怎麼努力，都沒辦法變得跟真白一樣，我們完全比不上。真白的眼睛根本沒看著我們……真白用隱形的刀剁碎了那些只是活著、只是為了繪畫而聚集在畫室的孩子們。把同輩們以畫家為志向的夢想，不痛不癢地跟現在一樣面無表情地蹂躪了。看了真白的畫就會覺得『啊，我們的世界是不同的。』切身體會到什麼是真正的才能。即使如此，還是相信自己，痛苦地掙扎著，以為自己前進了而抬起頭時，只看到真白已經抵達更前面的地方……彷彿只有她長了翅膀一樣……」

空太跟七海都吞嚥著口水看著麗塔；真白以認真的表情傾聽；只有龍之介看著天空，這時天空開始一點一點下起雨來。

「同時期在畫室裡的孩子，最後只剩下我。明明原本有三十個人……全都被真白沒有自覺、毫無感情地趕走。就算每個人都離開了，真白的表情還是都沒變，也絲毫不在意……」

「……我……」

「我無法原諒那樣的真白……所以希望妳消失，希望妳趕快不見，才會幫助妳成為漫畫家，還教妳怎麼用電腦，甚至協助妳辦理到日本來的手續。這一切都是希望妳畫出無聊的漫畫，被批評得一文不值，然後進行得不順利，等妳身心受創時就會知道我們的心情了。只是沒想到妳竟然還出道了啊！」

麗塔以充血的眼睛瞪著真白。

「……麗塔，我……」

真白想要說些什麼，但卻沒有繼續說下去。

這時反倒是空太插話了。

「既然妳這麼覺得，為什麼現在還要來接她啊？」

這是打從心底的疑問。

「我都說這麼多了，空太還是不明白嗎？」

麗塔的視線貫穿空太。那打從內心發出的情感壓力十分強烈，讓空太全身感到痛楚。想別開視線卻沒辦法，現在的麗塔就是擁有這樣的魔力。而且自己也認為如果在這裡逃避了，就永遠無法知道真相。

「如果是空太能原諒嗎？從別人身上奪走目標，不管我怎麼祈求、怎麼努力、怎麼渴望也無法得到的東西，卻輕易擁有還毫無興趣地丟棄的人，要我怎麼原諒她？請你告訴我。」

「……那就是理由嗎？」

空太無意識地握緊拳頭。

「真白擁有我所渴望的東西，我當然希望她成為比誰都有名的畫家。這樣我至少能驕傲地說『我曾經跟那個椎名真白在同一個畫室裡學畫畫喔。』不然會連因為真白而不再執筆的自己究竟算什麼都搞不清楚了。我想認定自己是真白的一部分，想認定真白的才能當中有自己的存在。這種心情，空太大概沒辦法理解吧……」

當然不可能理解，因為自己不曾有過認真挑戰的夢想被擊潰的經驗，沒有跟真正的才能正面衝突過，所以空太無法對麗塔說出任何話。

麗塔自始至終沒有別開視線，對真白正面迎戰。她總是一邊直視著真白的才能，一邊在她的身旁作畫。正因如此，麗塔才更憧憬真白的才能。想追上她卻追不上，所以才深深地憎恨。但還是沒辦法徹底恨她，沒辦法完全放棄她的才能……

這大概是因為她比任何人都要認同真白的才能吧。

空太只能任憑自己暴露在麗塔那已經不帶感情的視線中。

這時打破沉默的，是一直沒開口說話的龍之介。

「食客女，妳想說的話已經說完了嗎？」

在開始變大的雨勢中，只有龍之介冷靜地從書包裡拿出折傘來撐。

「如果說完了就別擋路，讓開。」

在門前一動也不動的麗塔，視線更加銳利地射向龍之介。即使讓人害怕的眼神就在面前，龍之介的表情也絲毫沒變，甚至還「啪」地打了停在手上的蚊子。

「如果聽懂我的話就閃開。已經損失了十五分鐘珍貴的作業時間。」

「我並不是在跟你說話。」

「那就多注意一點，擋到路了。」

「喂，赤坂。」

空太發出聲音制止。

但是，現在已經是兩邊互不相讓的氣氛。

「請隨你的意，儘管通過不就好了嗎？」

「我討厭女人，可以的話不想接近。」

「真不愧是跟機械是好朋友、足不出戶的人啊。」

彷彿想挑起龍之介的神經，麗塔以威嚇的語氣如此說著。

「妳剛剛該不會是在罵人吧？」

「是啊。你連這種事都不知道嗎？要不要去醫院檢查一下腦袋啊？」

「看來妳的腦袋病得超乎想像啊。」

「什麼意思？」

「雖然很想叫妳在提問前多思考一下，不過也只是浪費時間，所以特別告訴妳。我相信機械，真要說的話，應該是密友吧。而且我客觀地認知自己是足不出戶的人，也就是說，妳就像是對著狗罵『你這條狗！』或對著神田罵『沒有用！』是一樣的道理。」

「請不要把我當笨蛋。」

深黑色的情感在麗塔的雙眸打漩，閃著憎惡的光芒。

「看一下狀況吧。我沒有把妳當笨蛋，只是覺得妳有夠不乾不脆的。」

「不，我覺得那就叫做把人家當笨蛋喔，赤坂。」

即使空太插了嘴，龍之介與麗塔也完全不理會他。

麗塔以銳利的目光瞪著龍之介，而龍之介依舊泰然接受。

「這正好是個機會，所以我就說了。我原本就討厭妳，也反對讓妳住在櫻花莊。」

「喂，赤坂，別說了。」

「神田你別插嘴。被迫看著她那無精打采裝傻的假笑，你好歹也體諒一下我的感受吧。」

「你以為我是用什麼樣的心情笑著……」

「誰知道啊。」

「從懂事以來，我就一直在畫畫了……」

淋著雨的麗塔瞪著龍之介，明明沒有流淚，看起來卻像在哭泣。

「不管我畫什麼，爸媽跟爺爺都會誇獎我。我好開心，為了畫得更好而拚命地學習。」

爺爺經營畫室，就藝術家族的意義上來說，說不定麗塔跟真白的家庭環境很相似。

「他們總是對我說，我將來會成為很棒的畫家。」

彷彿要向龍之介搭話一般，麗塔開始說了起來。

「這樣嗎？那又怎麼樣？」

「但是自從真白來了以後，就開始一點一點地變了樣。剛開始我只覺得她是個會畫畫的孩子而已……」

「麗塔……」

「原本打算一起畫畫、互相切磋。但是心裡這麼想的人只有我，真白完全不這樣想，爸媽跟爺爺也是。他們醉心於真白的才能，其他的東西完全失色，而我也只是其中之一而已……」

龍之介一副感覺很無趣似地換手撐傘。

「畫畫是我的全部，是我自己本身。但是……『算了』……爺爺叫我算了……因為贏不了真白，所以算了。再畫下去也沒有意義，所以算了！已經被說是不被需要的孩子，我卻還是在意著真白，我也知道這樣很不乾脆……這種事我當然知道……」

「別再說了，麗塔。」

「我想成為真白才能的一部分，我也知道這樣很難看！這種事請不要一一說出來！」

像惡鬼般瞪著龍之介的麗塔哭了，卻沒流下一滴淚。因為淚水早已乾涸，況且這也不是那種能掉眼淚的溫柔悲情。空太這時感覺麗塔的心情是絕望，而且已經到了無藥可救的地步。

「像你這樣的人無法了解我的心情吧。對我說能成為厲害的畫家，讓我做了一場夢，沒有用處了又擅自從我的身上奪走夢想！全都是真白害的！因為真白的存在……」

面對麗塔的激情，空太的心完全為之僵硬，什麼都沒辦法思考。七海也不發一語地任憑雨水打在身上。

真白帶著沉痛的表情僵住不動。

而一臉泰然的只有龍之介。他拿出智慧型手機操作著，沒有共鳴、沒有憐憫，也沒有同情，依然是平常的龍之介。他完全我行我素，不被任何人左右，也沒受到影響。

「你也說句話吧？」

「我可以說嗎？」

「我已經說了可以。」

「那麼，為了慎重起見我問妳，妳剛剛的話中有妳自己的意思嗎？」

「咦？」

麗塔看來驚慌失措，眼神飄移著。

「我了解妳是被周遭所期待，也知道了妳為了回應期待而努力，結果卻還是追不上對方的事。但是，我覺得妳對於自己想怎麼做，好像完全沒有說明？」

「不要再說了……」

這麼說著而試圖插話來坦護麗塔的，正是真白。

「你要把我當笨蛋到什麼時候……」

麗塔喉嚨深處破碎的聲音莫名地尖銳，彷彿像是鳥叫聲。

「像你那樣分析別人到底有什麼樂趣！太差勁了！」

麗塔高舉起手想要打向龍之介，但就在千鈞一髮之際，龍之介轉身閃開了。

「如果以為這種程度的攻擊對我有用，那妳就大錯特錯了。」

「你這個人！」

無法發洩的焦躁，在麗塔的體內爆發。

麗塔推開真白，將手上的塑膠袋往龍之介丟去，七海則立刻扶住真白。

「快住手，麗塔！」

空太制止的聲音已經來不及了。

袋子裡的東西在空中飛散，龍之介往後退開閃避。雞蛋破碎，麵粉散落一地，番茄悲慘地被摔爛了。

「向番茄道歉。」

麗塔更加生氣，再度對龍之介大吼「你最差勁了！」便衝了出去，折回剛剛走過來的路。她的背影混在雨水之中，一下子就看不見了。

「赤坂，追上去吧。」

「然後再被她罵嗎？」

「不，不是那樣！」

「神田你去追吧。這樣比較有效率。只是，傘要帶去。」

受莫名冷靜的龍之介影響，空太走進櫻花莊的玄關，全身已經濕淋淋。

「你這一點實在是不太好喔。」

走進玄關的龍之介停下腳步。

「光說『這一點』我不知道是什麼意思。你簡單地說明一下吧。」

「就是想說什麼就說，然後還是不把別人當一回事的『這一點』啦！」

「就神田而言，這是確切的分析。沒有問題，神田所說的『這一點』是我所要的結果，所以沒有修正的必要。」

龍之介這麼說完，便走進房裡去了。

「啊、喂！等一下！」

這時旁邊有個龐然大物倒了下來。

轉身一看，只見真白像是受到驚嚇般癱坐在地上。

「等、等一下，真白？妳沒事吧？」

七海試圖讓她站起來，但是她的眼神空洞，無法定焦。

「喂，椎名？」

「我……」

已經先回來的美咲跟仁，好奇是什麼事而從飯廳探出頭來。走進玄關的七海向他們說明了整件事的來龍去脈。

「怎麼了？」

「原來麗塔討厭我……」

真白彷彿說著夢話般喃喃自語。

「我都不知道。」

完全想不出安慰的話語。

「我沒辦法理解。」

「沒辦法理解什麼？」

「我沒辦法理解麗塔說的話。」

這句話讓人不由得全身打顫。

這就是身為天才畫家的椎名真白。如果不是這樣，麗塔大概也不會那麼痛苦了吧。就連從小就在同一個畫室學畫的麗塔，都無法讓真白明白，真白依舊是遙不可及的存在。

「我也不知道現在該怎麼辦。」

「那個……」

「空太知道嗎？」

「不是全都知道，但大概能理解……」

雖然從來不曾像麗塔那樣被逼到絕境，但在真白的身邊看著，就不可能有想與她在對等的條件下一決勝負的想法，因為已經想像得到一較高下的結果了。不過，實際上卻又不是如此。從麗塔身上可以知道，那是比想像中更加殘酷、辛辣、創痛，更具破壞力的東西。

終於了解那句話的意思了。

——待在真白的身邊就會崩毀。就像我一樣……

崩毀大概就是指這麼一回事吧？因為已經體認到絕望為何物了。

光是想像，手就顫抖不已，心裡也跟著感到害怕。

「告訴我，空太。」

抬起頭的真白像是被遺棄的貓咪一般望著空太。雨滴沿著貼在臉頰上的髮梢，滴滴答答地落下。

真白大概沒辦法體會吧。因為即使麗塔表現出那麼激烈的情感，她還是不明白。

「椎名有過很羨慕誰的經驗嗎？」

仁、美咲及七海都仔細地聆聽真白說的話……

「羨慕……」

「像是覺得這個人真好啦、這個人真厲害、想變成那個樣子啦，憧憬或目標都可以。」

低著頭的真白陷入沉思，表情看來越來越凝重。

「……不知道。」

真白果然還是這麼說了。

「這樣啊。」

已經無法用言語向她說明了。

空太抓住真白的雙手讓她站起來，想走進玄關，真白卻不肯把手放開。

「我跟美咲開車去找找看。青山同學先去燒開浴室的水吧。」

仁穿上鞋子。

「啊，好的。」

「燒開了就先洗澡吧。萬一感冒就不好了。」

「我知道了。」

「椎名也去洗澡吧。我一定會把麗塔帶回來的。」

全身溼答答的七海跑向廁所。

仁與美咲經過空太身邊，走到外頭。

「小麗塔搜索隊出發了～～！」

這時立刻傳來小型休旅車的引擎聲，車子便出發了。

空太也想跟著走出去，但手依然被真白握住。

「……我也要去。」

「呃，可是……」

「拜託。」

真白一臉溼答答地這麼說著，空太雖然內心有所猶豫，卻沒辦法說不。因為如果自己也處於同樣的立場，絕對沒辦法什麼都不做。

「好吧……」

接著，空太向人在浴室的七海說了一聲，便與真白衝出了玄關。

即使來到外頭，真白還是沒有把手放開。空太於是輕輕地握住她的手，小跑步地走下櫻花莊前的坡道。

「一定不會有問題的。」

這句話沒有任何根據，也不知道是什麼沒問題。是麗塔？真白？還是兩個人的關係？或者是未來的事……

空太想著想著便開始感到不安。

但現在不是向自己的無力低頭的時候，因為低著頭是找不到麗塔的。

「……嗯。」

真白以聽來快要消失的聲音回答。

走過兒童公園前面，尋找著麗塔的身影卻沒找到。再往前分成左右兩條岔路，一邊通往學校，另一條則是經過商店街後往車站的路。

畢竟沒辦法放著現在的真白不管、兵分兩路去找，所以空太選擇往車站的那條路。

因為是奔跑過來，所以呼吸有些急促，真白肩膀上上下下地喘著氣，看來很痛苦的樣子。

即使如此，她還是沒有打算停下腳步。

快到商店街的路上，空太在死巷裡發現一個蹲著的人影。人影靠著電線桿，一動也不動。

那個髒髒黑黑的身影，看來像是別人，但那確實是麗塔沒錯。

「空太，你過去。」

「這樣好嗎？」

「我不知道。」

「……」

「也許又會惹麗塔生氣。」

「椎名。」

空太發現手裡握著的真白的手顫抖著。

她很害怕吧？

害怕被麗塔討厭……

麗塔對真白而言，正是這麼重要的存在。平常完全不在乎旁人眼光的真白，唯一在意的對象……那就是麗塔。從六歲起這十年來，與真白一起作畫，面對面的唯一一個朋友。

空太知道那不是自己能夠介入的關係，但還是想為她們兩個人做些什麼……

「妳在這裡等。」

「嗯。」

空太放開真白的手，走進巷子裡。

地上的積水使得腳步聲變大，而下個不停的雨聲則掩蓋了腳步聲。

麗塔被雨淋濕的金髮，現在看來像是白色的。

貼在肌膚上的衣服、冷得直發抖的肩膀。不，說不定那是因為在哭泣，雖然她的眼淚明明早已流乾……

即使空太走近了，麗塔也完全沒有反應。

為了不讓麗塔淋雨，空太撐開了傘。

他並不想看她的表情。因為如果換作是自己，大概也不想被人看到。

「我很羨慕麗塔。」

麗塔沒有回應。

「麗塔能讓椎名了解，不論是妳的話語、心靈，或是妳的存在。」

「……」

雨聲將傘內隔絕成一個小世界，裡頭只有空太與麗塔。除了空太的聲音，只聽得到雨聲。

「我所知道的椎名，什麼都自己決定，完全不在意周遭的目光、聲音、意見，一個人自顧自地走向前方沒有路的道路。」

麗塔的背影動也不動，說不定她沒聽到空太說話的聲音。

即使如此，空太還是有話想告訴麗塔。

「我曾經隱約地覺得，椎名是孤單一個人，誰也無法進入椎名的世界。」

「……」

「美術科的同班同學也是，我覺得他們雖然很在意椎名，但是都保持著距離……」

「……」

「椎名大概沒有要好的朋友吧。我雖然不喜歡那樣，卻又沒辦法改變，真是沒用……」

「……」

「抱歉……我淨是說些很丟臉的事。」

空太這麼說著，輕輕地笑了。

「……是啊。」

麗塔終於有了回應，但還是不願意把頭抬起來。

「雖然是我自己說出來的，不過還是很受傷啊……但是，麗塔是不一樣的。」

「沒那回事。我也是真白背景當中的其中一個人。」

「絕對不一樣，完全不一樣。這一點我可以拍胸脯保證。」

低著頭的麗塔抬起臉來，身子也離開電線桿。即使到現在，麗塔的臉上依然沒有淚痕。

「麗塔真是很厲害，光是能跟那個椎名在一起十年就值得稱讚了。」

「就算被空太稱讚，我也不覺得高興。」

「一般……中途就會逃跑了吧。」

「……」

「會想把眼睛別開，不去看不想看的東西……即使知道必須面對，還是想保護自己，因為不想受到創傷。」

「……」

「雖然內心深處很清楚……有一些東西，就是非得面對討厭的事物才能得到……但卻不是那麼容易就可以辦到。」

「……或許是這樣。」

「我想要成為這樣的人，像麗塔一樣。」

「空太是來安慰我的嗎？還是來尋求我的安慰？」

「現在已經搞不清楚了。」

空太苦笑，麗塔也跟著輕輕地笑了。

「這是哪一種笑？」

「……大概……還是假笑吧。」

那是為了壓抑崩潰的自己而戴上的面具。事到如今就能夠了解，麗塔只能夠這麼做……

「雖然從一開始就被那個可愛的男孩子看穿了。」

「妳這麼說，那傢伙可是會生氣的喔。」

「原來如此，那我還真是得到了不錯的情報。」

「不、不，不可以再吵架了喔？」

「這我很難答應你，因為他最差勁、最糟糕了。」

「雖然赤坂那個樣子，但是他沒有惡意。妳只能認知他就是這樣的人種。」

「所以才說是最糟糕的。只有自己待在安全的圈圈裡，不覺得這樣很狡猾嗎？」

「這我也有同感。」

因為龍之介完全不在乎他人的意見，所以跟他吵架，就會莫名其妙地演變成只是單方面受到責罵。

「不過，他說的沒錯。」

「什麼？」

「把一切都歸咎於真白，連我也變得不了解自己了。曾幾何時，我也忘了自己到底想怎麼做了。」

「這樣嗎……」

「不過我還是覺得他的個性真的很糟糕。」

看來她相當懷恨在心。

「空太居然能夠跟他當朋友。」

「朋友……這字眼聽起來令人怪不好意思的……」

「朋友是很棒的字彙喔。」

「我也不太清楚。不過，該怎麼說呢？就算是朋友也會有一兩個令人討厭的地方吧？不然我就沒自信當別人的朋友了。」

「……」

麗塔張著嘴巴。

「呃，忘了我剛剛說的話吧。我好像講了很丟臉的事啊！」

「不，那是非常棒的發言！說不定正是這樣呢！因為熟悉對方，對方的優點跟缺點就會看得一清二楚吧。能夠彼此認同是非常美好的事。」

「嗯，是這樣嗎？」

「不過，我還是對他的個性感到很火大。」

麗塔露出不滿的表情，這還是第一次看到。

空太覺得很好笑而笑出來，結果就被麗塔白眼了。

「這可不是該笑的時候喔？」

「對不起。不過，我覺得這樣比較好。」

「咦？」

「雖然麗塔的笑容很美，不過看妳露出別的表情，我會覺得比較放心。」

「想憑這種甜言蜜語追求我，我可是不會上鉤的喔？」

「我沒有在追求妳！」

「那還真是遺憾。我現在正脆弱，只要對我溫柔點，說不定我就會爽快地跟你走了耶。」

「會說這種話，表示妳根本一點也不脆弱嘛！」

「說得也是。」說著麗塔又笑了。這也是假笑嗎？

「那個啊，椎名也一起過來了。」

轉過頭去，巷子的轉角處露出雨傘。盯著看了一會，只見真白露出了半邊臉。接著空太向她招了招手。

即使有些猶豫，真白還是小跑步地靠了過來。

中間夾著空太，真白與麗塔面對面。

不過雙方都沒有開口。

空太也只是保持沉默。

「我討厭真白。」

突如其來的發言，讓空太的表情緊張了起來。

「住在同一個房間的時候，衣服跟內衣褲總是脫了就亂丟，還把我討厭的花椰菜放到我的盤子裡……」

「……」

「擅自出門就迷路了，房間亂七八糟的也不管，全都丟給我打掃。」

「……對不起。」

畏縮的真白道了歉。

「擅自使用人家的顏料，還有畫筆也是……」

「對不起。」

「例子多到不勝枚舉。」

「……對不起。」

真白低著頭。

「還有，我也討厭妳都不明白地把自己的事告訴我這一點。」

聽到這句話，真白緊握著雙手。

但是她仍然沒有開口，也沒辦法把頭抬起來。

「真白一直以來到底是怎麼想的？」

「……我都不知道。」

「不知道什麼？」

「我都不知道麗塔在想些什麼。」

「現在呢？」

「不知道。」

真白老實地搖了搖頭。

「我也知道會是這樣。這才是真白。」

麗塔露出寂寞的眼神。

「我完全沒有察覺到。」

「我最討厭妳這一點了。」

真白緊閉著雙唇抬起頭來。空太在她的雙眸中彷彿看到了決心。

「因為，我在麗塔身邊畫畫時是非常開心的。」

真白出乎意料的話，讓麗塔睜大了眼睛。

「其他的什麼也沒想過。」

「……真白。」

「因為只有跟麗塔在一起的時候，我才會覺得自己不是一個人。」

麗塔的身體緊繃著，就像是在忍耐著什麼……

「因為我一直覺得只要有麗塔在就好了……」

「怎麼會……」

「不過，原來只有我自己覺得開心。」

「不是那樣的……」

麗塔的聲音沙啞了，幾乎聽不清楚。

「我沒有察覺，真的很抱歉。」

「不是那樣的……」

被感情驅動的麗塔撲向真白的懷裡，像糾纏住一般，把臉埋進真白胸前，抽抽搭搭地哭了起來。在她的臉頰上，確實流下了應該早已乾涸的眼淚。

「不是那樣的！」

「麗塔？」

「不是只有真白這麼想！我也覺得很開心！我能夠一直畫畫直到今天，都是因為跟真白一起畫畫真的很開心！」

「……真的嗎？」

「真的！我想要一直跟真白一起畫畫！可是，真白看起來一點都不快樂，讓我覺得自己是不是根本就不在妳的眼裡……我一直是這麼以為的。覺得好害怕……如果真是這樣，就覺得好害怕……當我開始覺得該不會只有自己認為我們是朋友，就完全停不下來了……」

真白緊緊地抱住麗塔被淋濕的身體。

「麗塔……謝謝。」

「真白……真白……」

「一直以來真的很感謝妳。」

「對不起，真白。我……我……」

「所以拜託麗塔，繼續畫畫吧……」

「我想要畫畫……想一直畫畫。把至今跟真白一起做的事情，全都寄託在繪畫上面……因為跟真白在一起的時間，對我來說是最重要的東西……我的畫全都是跟真白一起完成的東西……所以根本就不想放棄啊！」

「嗯，我知道。」

「真白……對不起……」

「麗塔就繼續畫麗塔的畫吧。」

接著麗塔不再忍住聲音，將累積的情感全部釋放出來，不斷地哭泣。

空太心想，這兩個人是緊緊相連的。即使不靠言語傳達，光是在彼此身旁作畫，就以勝過

任何人的強烈情誼緊繫著。那一定是因為彼此都是認真地融入繪畫裡才萌生出來的情誼，正因為如此，任誰都無法污損。空太直率地認為兩人之間是自己無法介入，又非常令人羨慕的關係。

看著互相擁抱的兩人，空太眼前浮現一個光景。

那是挑高的白色建築物，有小孩子正在寬廣的畫室裡頭畫畫。剛開始有三十個人左右，後來一個個慢慢減少。在人數逐漸減少當中，幼小的真白與麗塔並肩坐著畫畫。終於，畫室裡只剩下兩個人。寂靜的空間，沒有遊戲的玩具，也沒有笑聲，只有兩個人不斷地畫畫。儘管如此，空太心中還是溫暖了起來，就因為兩人對彼此的感情，溫柔地將她們包圍起來。

剩下的只有兩個人。但是，就因為是兩個人所以不寂寞。

空太眼睛跟鼻子一陣熱，宛如要掩飾般闔上雨傘。

不過雨勢已經變小，接著馬上就停了。

「得跟他道歉呢。」

「嗯？」

哭得一臉狼狽的麗塔看著空太。

「要向那個可愛的男孩子道歉才行。」

「說得也是。買個番茄再回家吧。」

真白與麗塔點點頭。

天空露出曙光，從雨雲的縫隙間看得到晴朗的天空。

空太先往前跨出腳步，接著轉過頭去，看到真白與麗塔牽著手跟了上來，便自然地露出了笑容。

「空太，你的表情很噁耶？」

「妳說得太過分了吧！」

「空太本來就這樣。」

「不要說更過分的話！」

真白與麗塔笑出聲來。空太第一次看到兩個人那麼自然的笑容，於是又忍不住跟著露出笑容。不過，他拚命忍住了。因為要是她們說出讓人悔恨的感想，難得的好心情就泡湯了。

空太不想做出這麼浪費的事。

3

回櫻花莊的路上，空太用電話聯絡上仁，請正把車子開到附近的美咲來接三人。

經過短短的三分鐘就回到了櫻花莊。為了溫暖麗塔被雨淋溼而受寒的身體，於是先把她丟進浴室。

在脫衣服之前，麗塔抓住真白的手，把她拉了進去。因為真白剛才好一陣子也站在沒有擋雨的地方，所以也是溼答答的。

當要關上浴室門的時候，麗塔問道：

「空太也要一起洗嗎？」

「樂意之至！」

空太像居酒屋店員般精神飽滿地回答。

「別說蠢話了！」

結果被七海用毛巾揮打了腦袋。

「稍微偷窺一下是沒問題的喔？」

麗塔這麼說完，就把門給關上。

「可是她本人說可以耶？」

空太姑且又問了七海。

「駁回。」

算了，就算她說可以，自己也沒有偷窺的膽……

空太用七海遞過來的毛巾擦拭溼頭髮，並且回到房間換了衣服，連內褲都溼答答的。

他晾起淋溼的制服，整理洗好曬乾的衣服，接著走向真白在二樓的房間。這當然是為了幫正在洗澡的兩人準備換穿的衣服。

他在房前再度遇到七海。

「毛巾，謝了。」

「嗯。」

真白的房間整理得一乾二淨，打掃的人是麗塔。空太從衣櫃裡隨便找了衣服，當然還有內衣褲。

真白的馬上就準備好了，麗塔的衣服也沒問題。但當想到內衣褲不知道該怎麼辦時，空太的手便停住了。內褲還好，上身該怎麼辦？真白與麗塔的體型差距很大。

「那個啊……」

「什麼事？」

「椎名的尺寸應該不合吧？」

空太向七海提出了單純的疑問。

「我想是吧。」

「那青山妳的可不可以借一下？」

「要的話，請去拜託上井草學姊。反正我的尺寸不合！」

「那是……那個，抱歉。」

空太忍不住將視線移向七海的胸部。

「你在對哪裡道歉啊！」

七海脹紅了臉。搞不清楚她是害羞還是生氣。

「那青山可不可以幫我去借？我不想被仁學長給宰了。」

「我正有這個打算！」

空太跟在七海後面，也走出了房間。

回到一樓，空太從七海手上拿到向美咲借來的內衣之後，七海就功成身退。在等待兩人出來之前，空太就在房裡打發時間。

真白跟麗塔走出浴室時，經過了飯廳。

餐桌正中央擺放著鍋子，正滾煮著並冒出看似很美味的蒸氣。

「今天的菜單應該不是火鍋吧？」

「歡迎會向來就是吃火鍋，這是櫻花莊的傳統。」

仁這麼說明。

「誰的歡迎會？」

「當然是大大歡迎小麗塔啊～～！」

美咲毫不客氣地拉了拉砲。被紙花與紙捲直接命中的麗塔睜大了眼睛。

「我嗎？」

「就算拒絕也會被強制歡迎，所以放棄吧。」

七海自嘲地乾笑著。

「不，我非常高興。謝謝大家。」

麗塔深深地低頭行禮。

仁推著她的背，催促她趕快坐下。在這種狀況下還能準備火鍋，只能說真不愧是仁。

之後，空太與仁把窩在房裡的龍之介硬拖出房間，再加上剛好從學校回來的千尋，一夥人展開了搶奪肉食與蔬菜的壯烈激戰。

雖說麗塔是主賓，但沒人對她客氣。大家如此造就了快樂的時光。

「啊，學姊，那是我的肉！」

「太天真了，學弟！火鍋是沒有國界的！吃！要不就是被吃！」

名為美咲的魔物把肉搶得一乾二淨。

「嗚喔喔！這根本就是單方面被搶食而已！」

「請上井草學姊吃相稍微好看一點……啊、那個我已經盯上了耶！」

「這就是弱肉強食的世界，小七海！」

「既然都這樣了，那我也不客氣了！」

連七海都說出聽起來很危險的話。

「啊、椎名！不要把金針菇放到我的碗裡！」

「是禮物。」

「不想吃的話，一開始就不要拿！」

這時真白又把金針菇移過來，儼然已是金針菇處理小組了。

「神田，啤酒還沒拿來嗎？」

「自己去拿！」

仁一副真沒辦法的樣子，便去幫千尋拿了啤酒過來。

「原來如此，火鍋就是戰爭呢。」

看來好像教了麗塔錯誤的日本文化了。順便一提，龍之介一句話也沒說，只是不斷吃著競爭率較低的白菜。

在龍之介的碗裡，空太放了好不容易搶來的肉丸子。

「別淨是吃草，也吃點肉。」

龍之介沉默地思考了一下，接著把肉丸子塞進嘴裡。正覺得他面無表情地咀嚼著，他就將筷子伸進火鍋，夾了金針菇放到空太的碗裡作為回禮。

「不用道謝了。」

「除了我以外沒有人吃金針菇吧！」

最後還煮了烏龍麵，吃得一點都不剩，大家也都飽了。所有人都一臉滿足的樣子。

正當喝著仁所準備的茶時，麗塔俐落地站起身，來到坐在正對面的龍之介旁邊。

「那個……」

「不要再靠過來了。害我都打冷顫了。」

「你真的很討厭女孩子呢。」

麗塔露出壞心眼的笑容，想試著碰觸龍之介而伸出手。察覺到危險的龍之介立刻離開座位，躲到空太的身後，並如此發出指令：

「神田，不要再讓那個女的靠過來。」

「赤坂，你搞錯我的用途了吧。」

「你這麼討厭女孩子，是因為跟女孩子接觸就會怎麼樣嗎？」

「廢話少說。到底有什麼事？」

麗塔的視線這次是對著空太。

「會怎麼樣？」

近距離會打冷顫，超近距離會起蕁麻疹，碰到的話會引發嚴重的狀況——空太雖然知道這些，不過當然不能出賣朋友。

「這就是所謂男人的友情吧。既然你要保持沉默，那就沒辦法了。」

「夠了，有什麼事就快說吧，食客女。」

麗塔越過空太，直勾勾地看著龍之介。空太彷彿是自己被注視一樣心跳不已。

「剛才真對不起，我說得太過分了。」

「能夠承認自己的過錯是人類的美德。」

龍之介躲在空太身後，大言不慚地說著。

「真是奇怪。我現在想馬上取消剛剛的道歉。」

「妳想說的就是這個嗎？」

「不是，接下來才是主題。」

「動作快一點，我想去洗澡了。」

「那麼，要不要邊幫你刷背邊講給你聽呢？」

「啊，我要。」

仁從旁插話。

「三鷹學長，請你注意一下現在的氣氛。」

七海直盯著仁。

「真抱歉呢，青山同學。我明天就會拜託妳了，所以別吃醋。」
「誰在跟你說這種事了！」
「那小七海跟我一起洗，我們來盡情地洗鴛鴦浴吧！」
「聽、聽起來好像會失去很重要的東西，所以請容我拒絕！」
總覺得另外一邊的氣氛開始熱絡起來。
「那麼，主題到底是什麼？」
「文化祭的製作，請讓我參加。」
這個發言，讓空太等人的目光再度集中在麗塔身上。
坐在旁邊的真白，一副感到安心似地鬆了口氣，表情也很柔和。
在這當中，只有千尋專心地灌著啤酒。
「我理解妳要說的事了。設計就向神田確認吧。」
「等一下就拿給妳。」
「電腦的話，我等一下借妳筆電。如果品質太差，我會讓妳一直重做到我滿意為止。」
「你這些話是在跟誰說啊？我對於繪畫可是很有自信喔？」
「不用吹噓了，我只相信結果。」
「那麼，如果是好的結果，到時就請你表現出相對應的態度。」

麗塔詭異地微笑著。

她跟龍之介之間好像有股奇怪的緊張感，是多心了嗎？不，絕對不是多心。

「這就是所謂下過雨後，地面變得更結實了吧。」

仁將杯子裡的茶一飲而盡。

「算了，我覺得這樣也好啦……」

七海似乎已經放棄了。

「工作小組成員終於全員到齊了！已經沒有人能夠阻止我們了！等著吧，文化祭！」

美咲以一如往常的興奮情緒嘶吼著。

「麗塔變得有精神，真是太好了。」

真白在空太的身邊，一副鬆了口氣的樣子。第一次看到她露出像這樣憐惜某人的表情。

這時，宿舍的電話響了。

「神田，電話。」

千尋邊開另一罐啤酒邊這麼說著。

「為什麼是我！」

明明還有其他人在，不知為何總是空太被使喚。

他走到玄關，拿起話筒。

「您好，這裡是水高學生宿舍櫻花莊。」

『我姓椎名。』

這個第一次聽到的聲音低沉穩重，是客氣的大人說話的方式。

從飯廳傳來似乎非常歡樂的聲音，空太知道是美咲在喧鬧著，而七海想阻止她卻失敗了。

不過，這時歡樂的氣氛瞬間變得遙遠。

他剛剛說了什麼？椎名……椎名……

『喂？』

「啊，是的。」

『可以幫我轉接千石小姐嗎？』

空太顫抖的手按下保留鍵，接著朝飯廳大喊。

「找老師的電話！」

醉得臉紅通通的千尋走了出來。

她以眼神詢問是誰打來的，空太卻沒辦法回答。但是，這就是答案了吧。千尋轉過頭去看了飯廳那一頭，大概是在看從這裡根本看不到的真白吧？

千尋拿起話筒，按下保留鍵。

「是的，是我。啊啊，舅舅，好久不見了。現在在成田嗎？是的，我過得很好。那當然是隨意地……是……」

明知道偷聽不好，空太卻無法離開。真白與麗塔大概是對於空太一直沒回來感到奇怪吧？她們從飯廳探出頭來。

千尋把話筒放了回去。

然後深深吐了口氣。

接著她抬起頭，看著真白與麗塔的方向說：

「明天就要來這裡接人了。」

空太腦中響起沉重的門扉闔上的聲音。那是告知結束的聲音……

第四章 到妳身邊還有多少距離？

1

當空太進浴室洗澡的時候，已經跨過一天了。

——明天就要來這裡接人了。

他泡在澡盆裡洗臉，一次又一次……明知無法洗掉過去，已經發生的現實也不可能因此變成夢境。

他無意義地看著浴室的天花板。水滴落在額頭上，冰涼又舒服，會讓人清醒。

就這樣過了好一會，更衣間兼廁所的門打開了。外頭已經掛著「男性入浴中」的牌子，所以大概是仁吧。

「空太。」

不過聽到的卻是女孩子的聲音。空太瞬間以為是真白，但並不是。是麗塔。

「怎、怎麼了？」

「現在可以打擾你一下嗎？」

「如果我像剛出生的姿態，妳也無所謂的話。」

「我開門囉。」

「請不要這樣。」

「那就請維持現在這樣聽我說。」

麗塔的聲音聽來有些沒精神，感覺得出她的情緒低落。

「我知道了。」

麗塔坐在毛玻璃的前面，背對著空太。

「這是很久很久以前的故事。有一位非常會畫畫的少女。」

空太一動也不動地傾聽著。

「她的畫能夠打動所有看的人的心，誕生出許多的感動。」

不用問也知道。

「所以，她的畫周圍總是擠滿了觀賞的客人，人潮絡繹不絕。」

這就是真白的故事。

「有人說這個女孩是天才，也有人說這女孩有才能，又有人說這女孩受到藝術的愛戴。人們讚頌著這個女孩，幾乎到了讓人覺得讚美已經是陳腔濫調的地步。」

空太閉上眼睛，想像著這個情景。

「但是，她卻一點也不覺得幸福。」

接著想起真白面無表情的臉。

「無論什麼稱讚的話語，都無法讓她動心。」

那麼，是什麼東西驅使著真白呢？

「有一天，她受到朋友的邀約，到了展示自己繪畫的美術館。那一天，也有許多為了看她的畫而來的人們。她在有些距離的地方看了好一陣子，原本只是一時興起……」

這個故事到底會如何發展？

「結果，她注意到了一個小男孩。那個孩子，即使看了她的畫也完全沒有興趣的樣子。『好奇怪的畫！』小男孩這麼說完，就跑到美術館的角落，開始讀起一本書，而且非常地專注……男孩子有時一臉認真，有時開懷大笑，露出了許多的表情。感到好奇的她，向這個男孩子問道『你在看什麼？』結果男孩子滿臉笑容地對她說『就是這個啊。』邊把書拿給她看。」

「原來是這麼回事嗎……」

「那本書是某個遙遠島國的漫畫書。過沒多久，她就立刻動身前往那個遙遠島國了……說完了。」

很久之前，空太曾經問過真白為什麼要畫漫畫，她說因為繪畫不有趣。那大概就是麗塔所說的故事裡所感受到的事吧。

叫一個小孩子去理解連空太都不懂的藝術世界，實在是太不講理了。

「實際的部分連我也不清楚。不過，我想那應該是個很重要的契機。」

「……為什麼要告訴我這些？」

「我也不清楚。不過，就是想說。」

「這樣嗎？謝了。」

「要不要順便幫你刷背？」

「咦！」

「當然是開玩笑的。」

麗塔站起身來，她的影子很快就不見了。空太只是沉默地看著她離開。

他看著水面，無精打采的臉就映在上頭。

空太洗完澡，即使回到房間裡躺在床上，卻一點也不睏。這種時候就想跟貓咪們玩到想睡為止，偏偏現在房裡一隻貓也沒有，不知道是到誰的房裡去叨擾了。最近常看到貓咪待在七海或美咲的房間裡。

空太看著即使關了仍然隱約亮著的日光燈，心裡想著為什麼會是亮的呢？

要是他不這麼做，千尋的聲音就會不斷在腦海中重播。

——明天就要來這裡接人了。

聲音在腦袋裡不斷重複著，越來越大聲。

「啊～可惡！」

空太用手掩住臉。

明知道這一天遲早會到來，不知道為什麼現在還感到焦躁。雖然已經知道了，但完全還沒做好心理準備。

真白會怎麼樣？自己又該怎麼辦？之前什麼也做不到，事到如今也不可能就能做些什麼。那麼，要放棄嗎？放棄又是放棄什麼……空太腦中一片混亂。

停止思考的空太耳邊，手機開始震動。是簡訊。

空太想著不知道是誰，邊打開來看。

——空太，你醒著嗎？

是真白傳來的。

空太以顫抖的手指，按著按鍵回信。

——醒著啊。

不過沒有立刻得到回覆。因為真白還不習慣操作，所以這也沒辦法。

——這樣啊。

等了兩分鐘才傳來的回信很短。空太立刻又回了簡訊。

——是啊。

這次會等得跟剛才一樣久吧？大概會是這樣。不過，這樣的時間間隔，對現在的空太來說剛剛好。因為他的心境上並不急著想要答案。

——我也醒著。

如同空太所預料的，大約過了兩分鐘，傳來了這樣的回覆。

——如果妳是睡著的狀態就恐怖了！

睡眠中也能打簡訊的特技，光是龍之介跟女僕就夠了。

——空太。

——幹嘛？

這次則是等了三分鐘。在空太還以為不會再傳來的時候，簡訊又傳過來了。

空太以慣用的手勢打開簡訊。這一瞬間，拚了命壓抑的衝動迸發開來。

——我想見你。

因為來自真白的簡訊裡這麼寫著。

感情在體內暴動。想看真白的臉，想聽她的聲音，可以的話想抱緊她。

空太從床上一躍而起，理性呼喊著如果現在看到她的臉就糟了。但是，他的心卻已經飛奔出去。

空太想走出房間而打開房門。

「啊！」

他維持握著門把的姿勢動彈不得，只是張著嘴巴，不停地眨著眼。

視線集中在一個地方。

因為真白懷裡抱著枕頭，背靠著對面的牆壁坐在地上。

在昏暗的走廊上，只有手機畫面的光亮照著真白。柔弱的樣子，看起來就像迷路的孩子般不安。

「妳……」

真白終於抬起頭。

「今天……」

「嗯？」

「希望你陪我直到我睡著。」

空太屏住氣息。

站起身的真白走過來，將枕頭抱在胸前低著頭，額頭輕放在空太肩膀上。

真白意外的動作，讓空太的衝動癱軟，因此理性爭取到了追趕上的時間。現在不行，要是碰了她一根手指頭，就再也放不開她了。

想要帶她逃離這裡。

不能讓周遭捲入自己的任性當中。麗塔教會了自己，人有時在無意間也會傷害到自己最重要的人。

所以，要付諸行動，就要有能夠貫徹到最後的覺悟。與其虎頭蛇尾，現在更應該忍住並捫心自問，自己是不是到最後都能夠不放開真白的手……

現在就算兩個人逃了出去，最多只能撐幾天，無法逃過一輩子，而空太也沒有那樣的覺悟。因為他已經知道了社會的遼闊，同時也很清楚自己的渺小。

「不要拒絕。」

抬起臉的真白眼神是認真。

空太無法打馬虎眼，也沒辦法開玩笑敷衍過去。為了化解緊張，他無意識地搔搔頭，將目光從真白身上移開。

「只有今天喔。要是被知道了，會被青山罵的。」

「那就一起被罵。」

「妳會溜走吧。」

說著走進房間，空太收起自己的枕頭，把床讓給真白。

「空太呢？」

「我睡地板。」

「……知道了。」

真白把枕頭放在床上。

今晚隔外安靜。

空太躺在地板上，沒閉上眼睛，只是盯著天花板。

雖然看不到真白，不過總覺得彼此的意識是相連的。

所以，空太也知道她會對自己說話。

「空太。」

「幹嘛？」

「我也傷害過空太嗎？」

空太絲毫不覺得驚訝，因為今天發生了這麼多的事。不過空太並沒有因為這樣，就能機伶地做出回應。

「……我……」

幾乎只是沉默，那就是答案了。

「不要說謊。」

當空太硬是想要回答的時候，真白就這麼說了。

「那種事我不太清楚。」

「我知道啊。」

「我回英國會比較好嗎?」

空太才剛答應不說謊。

「我覺得……如果是我,會選擇回去。」

接著一陣沉默。過了一段不自然的空檔,真白又繼續問:

「為什麼?」

「麗塔之前不是說過嗎?她說如果是椎名,一定能畫出名垂青史的畫作。」

「嗯。」

「我在美術展現場看到了椎名的畫。雖然藝術很深奧,我也不太懂,但總覺得椎名是不一樣的。那種感覺還是第一次。」

無法以言語形容,但是身體,或者該說是全身的細胞都起了反應。真白的畫就是這麼具有壓倒性。

「……這樣啊。」

「如果擁有那麼厲害的才能跟可能性,我想我會選擇那條路。不是嗎?自己所做的東西能在世上留存幾百年耶?那是很棒的事吧。妳不覺得那是很棒的事嗎?一般都會這麼覺得吧?」

「我不清楚。」

「是嗎？」

正因為如此，所以別人才會稱呼真白為天才。正因為如此，所以凡人才會憧憬真白。正因為如此，所以現在真白才會這麼苦惱，對於自己跟別人大大不同煩惱著。

「我不知道幾百年以後的事。」

「話是這麼說沒錯。」

「一般還真是困難。」

「椎名……」

「大家都說我不是一般……」

「……」

「一般真的好困難。」

「才沒那種事……」

空太的聲音嘶啞。

「如果我也是一般就好了。」

「不要說那種話。」

「如果是那樣，就能夠理解麗塔……就能夠理解空太了……」

「別說了！」

「……空太？」

「我覺得，椎名就因為是現在的椎名，所以我才會是現在的我。如果沒有妳，我只會滿腦子想著要離開櫻花莊。所以，妳不要說那種話。」

「……」

「睡覺吧。」

「……嗯。」

空太翻了個身，當然還是睡不著。他試著入睡，背後感受著真白的氣息。

——明天，妳要怎麼辦？

並且後悔著沒將這句話說出口……

2

隔天空太醒來的時候，床上已經不見真白的身影。他還確認了桌子底下，但看來真白已經不在房裡。

她似乎是在空太睡著的時候回到自己房間去了，空太看了一下202號室，發現她正在放著畫漫畫用的筆電桌子底下熟睡。

昨天真白到自己房裡來是一場夢嗎？空太心裡這麼想著，把真白叫醒，一如往常地整理好她睡亂的頭髮，幫她準備換穿的衣服，讓她吃了早餐之後，在站在玄關抱著花貓木靈的麗塔目送之下前往學校。

美咲似乎很早就到學校去，空太起床的時候她已經不在了。而七海也因為委員會的事，所以已經先出門。幾乎就在同一時間，空太看到仁跟千尋也出門了。而龍之介的氣息則是在不知不覺間已經消失。

對於櫻花莊一如往常地迎接早晨，空太感到有些高興。

他與真白沒有特別說些什麼，兩個人有氣無力地走在熟悉的通學路上。走下從櫻花莊沿伸出去的坡道，經過兒童公園前，在商店街的分岔路上左轉，沒多久兩人就抵達校門。

跟昨天之前一樣，學生們魚貫而入通往出入口，參加社團晨練的學生們則是穿著運動服。不斷重覆的日常光景，一直以為不會變的景色就在眼前。

與其他學生一樣，空太也在鞋櫃換上室內鞋。穿舊的室內鞋有明顯的汙垢，腳後跟被踩到歪斜了。

「椎名，動作快一點喔。」

看了一下遲遲未從鞋櫃露出臉的真白，發現她正往前彎腰想撿起脫下的鞋子。她察覺到空太的目光，緩緩地轉過頭，然後在空太還沒糾正她之前，就自己壓住了裙襬。

氣氛變得尷尬，空太便把視線轉開。

「我會比較晚回去喔。」

空太敷衍塘塞似的，滔滔不絕地講完。

「因為還要說明企劃。」

為了文化祭所製作的「銀河貓喵波隆」提報就是今天。

換上室內鞋的真白走到出入口，停在空太前面。

「我等你。」

「喔、喔，在椎名的教室喔。」

「嗯。」

「先這樣。」

「喵波隆要加油。」

「交給我吧。」

空太開玩笑地說著，便與真白分開了。普通科跟美術科的教室是在反方向。

不過空太立刻轉回頭去。

看著真白的背影遠去，直到看不見為止。真白跟平常一樣，跟昨天也沒兩樣，沒發現空太看著自己，所以空太差點就要忘了真白的父親要來櫻花莊接她的事，還有昨天電話響起的事，甚至是真白說希望自己陪著她直到她入睡的事……總覺得一切都是夢。是因為自己這麼希望嗎？

打開手機，真白昨天傳來的簡訊明明還留著……現實明明就確實地刻印在這裡……

「這樣真的就好了嗎？」

空太不知如何消除胃周邊漠然的不安，一個人走向教室。

3

放學後，空太站在學生會室裡。

圍成ㄇ字型的座位上，坐著七名男女，全都向空太投以好奇的眼光。

坐在正前方的三個人，是文化祭執行委員長以及兩位副委員長。左右分別坐了兩個人，是水高學生會以及大學學生會的會長與副會長。

這完全是敵方的大本營了。不過，空太的心情不可思議地感到很平穩。說完全不緊張是騙人的，但是跟企劃甄試的報告相比，這根本就不算什麼。

反而是聆聽的一方表情比較僵硬。

空太打開向龍之介借來的筆電，連上投影機，企劃書的封面便投射在螢幕上。

「神田同學，準備好了嗎？」

唯一一個從櫻花莊來幫忙的七海這麼問了。空太之所以能夠不那麼緊張，我方夥伴七海的存在也是很大的因素。

整體確認過後，空太向七海點頭。

「可以開始了嗎？」

七海問所有人。

「請開始吧。」

皮膚白皙的學生會長，推了推黑框眼鏡。七海聽到這樣的回答，便退到牆邊，以眼神向空太示意可以開始了。接下來就是空太的工作。

「那麼，請讓我為大家說明櫻花莊所提出，參加文化祭的作品『銀河貓喵波隆』。」

空太以連接著ＵＳＢ的滑鼠點擊，企劃書便翻開一頁。

就在這個時候，學生會室的門被粗魯地打開了……

「空太！馬上過來！」

衝進來的是仁，他的臉上沒了平常的沉著穩重，額頭上滴著汗水，呼吸急促，雙眼裡滿是焦急。

「門也不敲一聲，你在做什麼啊？三鷹！」

學生會長不耐煩地說著。

「仁學長，怎麼回事？我現在……」

「老爸來接人了！」

空太心臟噗通地狂跳。

「然後真白她！」

學生會長砰的一聲拍打桌子，並站起身來。

「櫻花莊不參加這次的文化祭也無所謂嗎？」

仁的話與學生會長的聲音重疊，重要的部分沒聽清楚。

「如果不認真做，我們是不會許可的喔。」

面對語帶威脅的學生會長，空太的情感也到達了忍耐的極限。

「吵死了！給我閉嘴！」

空太幾乎是無意識地大喝一聲。

站著的學生會長受到驚嚇，看著空太的眼神動搖著。周圍一陣譁然，全體感到驚慌失措而表情僵硬。

察覺到這一點的空太，激動的情緒瞬間冷卻下來。

「不，那個……請安靜一下。」

沒有人說話，沒人想成為空太情緒的箭靶。站起身的學生會長也無言地坐回座位，過了一會才小聲地罵出「櫻花莊就是這樣」，但空太並沒有聽到。不，是聽到了卻完全不在意。

他不發一語地轉向仁。

「好像是第五堂課的時候，她老爸跟麗塔一起來接她，已經前往機場了。」

空太腦袋裡呼喊著，誰來告訴自己是哪裡弄錯了。

「千尋說的，錯不了。」

仁彷彿告誡空太般如此斷言，空太眼前一片漆黑，應該看得到的東西變得朦朧昏暗不清，視野逐漸萎縮變窄。

「這種事……騙人的吧……」

空太從喉嚨深處擠出聲音來。

昨天不是說要到櫻花莊來接人嗎？因為早上什麼事也沒發生，所以空太深信到放學回家之前都還沒問題。

「那是騙人的！」

受不了從體內侵蝕爆發出來的痛楚，空太彷彿撞開仁一般，衝出了學生會室。

「啊，神田同學！」

「空太！」

七海跟仁的聲音已經傳不進空太的耳裡。

空太在走廊上全力衝刺，就像野獸一樣無意識地咆哮「不是！」途中正面撞上體育老師，大大地摔了一跤。制服的膝蓋部位跟磁磚摩擦而破了洞，重重跌在地板上的雙手感到炙熱。在還沒意識到那是痛覺的時候，空太又站起身繼續奔跑。

「站住，神田！」

體育老師的聲音立刻消失在背後。

他衝上樓梯，與穿著運動服前往社團活動的學生肩膀互相碰撞，對方叫囂著「開什麼玩笑！」接著又差點撞飛因為準備文化祭而留下來的女學生，並被指責這樣很危險。這種事重複了幾次，空太終於來到美術科教室。

他粗魯地打開門衝進教室裡。

裡面一個人影也沒有。他大大地吸了口氣，從體內深處叫喊：

「妳不是說要等我嗎！」

彷彿要撕裂開來的感情脈動完全鎮靜不下來，空太咬著牙又跑了起來。明明知道真白已經不在學校裡，卻還是追尋著她的影子。

穿過連接校舍的長廊，因為運動不足而遲鈍的肌肉發出哀號。即使如此，空太還是在爬樓梯時持續加速，氣勢驚人地打開別棟美術室的門。

紊亂的呼吸發出刺耳的聲音。

原以為沒人在的教室裡，有個人影。

「椎名！」

因為空太帶著期待的聲音而轉過頭來的人是千尋。

「真白不在。」

「為什麼不阻止她！」

「對於真白決定的事，我沒有插嘴的道理。」

千尋的口氣一如往常，明確而果斷。

空太對無法回嘴的自己感到懊悔，全身顫抖著。

「那也太快了吧！」

「好像是之前的畫參加的大型比賽得獎了。頒獎典禮就在明天，所以沒辦法。反正這也是個好機會。」

「為什麼不阻止她？」

這次空太是靜靜地重複同樣的話。

千尋沒有回答，一副嫌麻煩的樣子，以眼神訴說剛剛已經說過了。

因為是真白自己決定的事，不是別人該插嘴的問題。

沒錯，正如千尋所說。

況且，難道自己忘了昨天說過的話了嗎？

當時曾說過如果換作是自己，就會選擇回去；如果自己擁有真白這樣的才能，就會選擇在藝術的世界活下去。自己的確這麼說過。

真白擁有的才能，就連對藝術完全外行的空太也感到了壓倒性的力量，這是從真白的畫裡所了解到的事。因為光是這樣的一幅畫，就能如此令人感動……所以空太確信並且理解真白應該存在的地方到底是哪裡。

有可能刻劃在人類歷史上的才能，不應該就這樣被埋沒。

於是，就如同空太所希望、如同麗塔所想要、如同所有知道真白繪畫的人的願望，真白自己決定要再度讓自己的才能與藝術的世界面對面。

那就應該樂見這樣的事，未來也應該要支持真白。

即使空太這麼意識著，內心卻一點也不開心，一點也不快樂，完全高興不起來。

只覺得痛苦而快要窒息了。

就連站著的力氣都沒了，空太跪了下來。還以為這樣會輕鬆舒服點，卻因為口袋裡的手機妨礙，而沒辦法順利地坐著。

他就像要拭去不快地拿出手機，以顫抖的手指撥著真白的手機號碼。

對第一聲的鈴響感到緊張——收得到訊號。

第二聲響起時屏住氣息——撥了電話打算說些什麼？

在第三響的中途電話接通了。心臟猛烈跳動到甚至感到疼痛的地步。

空太正打算掛斷的時候聽到電話另一頭傳來聲音。

『學弟？』

這是美咲的聲音。

「為什麼？」

空太像夢囈般說著。

『小真白把手機忘在房間裡了啦～～！所以……』

空太握著手機的手無力地垂了下來。美咲似乎還在說些什麼，但空太的精神狀態已經沒辦法回答了。就連最後剩下的勇氣，也在剛才全都消失。

這時候，仁跟七海追了上來。

「空太，追上去吧。」

「追上去是指……」

「機場，成田機場。」

「怎麼追……」

「已經叫美咲去開車了。馬上就會過來。」

啊啊，所以美咲才會接真白的手機啊。空太明白了這種一點都不重要的事。

不過，也只是這樣而已。空太無法動彈，身體完全沒有動作。

「我……不能去。」

「神田同學，別開玩笑了。」

「提報……要趕快回去才行，如果好好道歉應該沒問題。」

空太好不容易站起身來，依然低著頭就要走出美術室時，被七海抓住了肩膀。她的手指、指甲用力地抓著空太，甚至令他感覺疼痛。

「你是說真的嗎？」

七海的神情認真。

「當然啊。這是青山好不容易幫我們弄到的機會。」

「那種事怎樣都無所謂！」

「怎麼會無所謂？」

「真白呢？真白要怎麼辦？」

「還能怎麼辦？既然是椎名自己決定的，就不是我該插手的事。那傢伙當然還是應該活在藝術的世界比較好。」

空太想揮開七海的手卻沒有辦法，七海緊緊抓住肩膀的手不肯放開。

「你知道嗎？她要回英國去了耶？」

「我知道。」

「你根本就不知道！之後再也見不到真白耶！」

空太胸口深處吱嘎作響，發出令人不舒服的聲音。

「說什麼為了真白，那種事根本就不重要！現在神田同學到底想要怎麼做！」

七海粗魯地揪住空太的領子。對於她挑釁的目光，空太感到一陣憤怒。

「我當然是想追上去啊！」

他甩開七海的手。七海的全身顫抖了一下。

「可是，椎名她決定要回英國去了！」

一旦說出口就停不下來。

「明明還說要當漫畫家，到底算什麼啊！」

空太的感情滿溢而出。

「明明還那麼拚命的！」

言語不斷地流洩出來。

「甚至連載都拿到手了！」

憤怒、焦躁、怒氣、悲傷全都亂成一團。

「而且，那到底算什麼啊！一句話也沒跟我們說！開什麼玩笑！」

他只是一味地嘶吼。

「沒常識也該有個限度吧！都在一起半年了，到底在開什麼玩笑！為什麼那麼簡單就捨棄掉，不管是對當漫畫家的事，還是對於我們的事！」

「究竟算什麼啊！把別人耍得團團轉，到底在想什麼！」

反正真白的感情只有這種程度吧——空太這麼想著，感情就越是爆發開來，根本無法接受。

「既然有那麼多話想對她說，就別磨磨蹭蹭煩惱不停了，趕快追上去吧。」

千尋忍著呵欠。

「就是這樣，神田同學。」

空太抬起頭，七海跟仁就在眼前。

「既然都在一起半年了，去送個行也是常識吧？」

仁自然地揚起嘴角。

「如果住在櫻花莊的我們不去送行，還有誰可以去送行啊？」

這時外頭傳來車子的喇叭聲。

從窗戶往下看。

美咲不由分說地把車子切入運動場，停在校舍裡。

「學弟！快點！」

美咲把身子伸出車窗外。

「走吧。」

仁只說了這句話便跑了起來。空太及七海也跟在後面。

空太衝下樓梯，在二樓與仁並駕齊驅，到一樓的時候已經超越過他。接著從連接校舍的走廊窗戶爬到外面去。

「神田同學，鞋子呢？」

「沒關係！」

現在沒時間再繞回鞋櫃去了。

接著繞到運動場。七海雖然有些猶豫，但也在仁之後，同樣只穿著室內鞋就跟上來了。

彎過校舍的轉角，看到了美咲的車。

與坐在駕駛座的美咲視線對上。美咲切了方向盤，車子後輪滑動著，車身整個轉了過來。

「上井草！又是妳！」

一名身材壯碩的老師逼近車子。

無視於他的存在，空太打開車門坐進後座。仁坐在副駕駛座，七海則坐在空太隔壁。關上門的同時，美咲踩下油門火力全開。

車子揚起塵土飛馳而去。

「哇！你們幾個，等一下就有你們好看的！」

咳嗽的老師發出的聲音，很快就消失在後方。

回過頭去發現第三排的坐位上，放了跟聖誕老公公扛著的袋子差不多大的行李，旁邊則坐了龍之介。雖然感到意外，但空太倒也沒多說什麼。

「回家的路上被上井草學姊綁架來的。」

龍之介自己慎重地說明著。

周圍傳來正要放學回家的學生們的哀號，車子穿過校門，來到馬路上。

坐在旁邊的七海肩膀上上下下地喘著氣，額頭上的汗水沿著臉頰滴落下來。空太也一樣。

「青山。」

「什麼事？」

「我醒過來了。」

「這樣嗎？」

「太感謝妳了。」

「趕上了再說吧。」

要是趕不上，搞不好連說的機會都沒了。這句話空太沒說出口。既然只能選擇相信，那麼就相信一定會趕上吧。

「也感謝仁學長跟美咲學姊。」

「不管空太決定怎麼做，我都打算要去送行。」

「我可是不打算那麼輕易就放棄小真白喔～～！小麗塔也是，如果以為那麼容易就可以回英國的話，那可就大錯特錯了！」

兩人說出的理由很有自己的作風。這使得空太的心情輕鬆了一些，忍不住想對想得太複雜的自己嗤之以鼻。

「到了成田之後，目標是第一航廈的四樓。」

這麼說的人是龍之介，他正用筆電查詢一些東西。

「那邊是國際線的出境大廳。」

「知道了。第一航廈的四樓對吧？」

「如果已經通過安檢就完了。那邊只有已經辦完搭機手續、持有機票的旅客才能進去。」

「在那之前就要找到。」

車子經過高速公路收費站，一口氣再加速。

紊亂的呼吸終於平穩下來，車子裡只剩下焦急的情緒，心中不斷重複著「趕快抵達」。這樣的想法讓空太自然而然地開口。

「我會好好說的。」

這句話並不是特定對誰說。

「叫她要加油。」

「嗯。」

七海回應空太。

「我想好好地告訴她。」

「一定說得出口的。」

仁看著前方說道。

「要叫她加油，畫出很棒的畫。」

「嗯。」

「然後一定要名垂青史。」

「小真白一定辦得到啦。」

「那樣我就會覺得很自豪。」

空太說著，微微地笑了。受到他的影響，七海、仁還有美咲也笑了，就連龍之介都用鼻子「哼」了一下。

既然真白決定了，就支持她吧。既然她擁有吸引人、使人感動的才能，那就到能夠活用的地方去學習、發展才是幸福。因為希望有更多人、希望世上所有的人都知道真白所孕育出來的感動，甚至超越世代……

窗外的景色以相當快的速度流洩而過，美咲的車也一部部超越其他車輛。既然這裡是高速公路，周圍的車輛時速也有個一百公里吧……

「美咲學姊，妳開太快了！」

時速表顯示著一百五十公里，警告聲在車內響起。

「不用擔心，學弟！」

「哪邊不用擔心啊！」

「可以很輕鬆就到一百八十的。」

「這是什麼理由啊！我還不想死，也不想被抓，請妳減速吧！」

「學弟這樣還算是男人嗎！」

緊緊握著方向盤的美咲嘶吼著。

「妳突然在說什麼？」

「所謂的男人，就算知道會死，有些時候還是非做不可的！」

「咦！我們要死了嗎？」

旁邊應該以時速一百公里行駛的車輛，一部部被追趕過去。風的聲音非比尋常，車體也搖晃得很厲害。真的很可怕。

「三鷹學長，請你阻止上井草學姊吧！」

七海慌張地求助。

「沒用的，禱告吧。」

「怎麼突然就是最後手段了啊！」

在這之後，車子繼續加快速度，以接近極限兩百公里的氣勢飛馳在高速公路上。

下了交流道依然持續衝刺的車輛，沒有遇到交通事故，也沒被警察抓，終於平安地抵達成田機場。

雖然需要時間來恢復驚險刺激體驗過後的疲勞，但是空太一行人並沒有這樣的餘裕。

車子停在機場的正門，空太、七海以及仁三人立刻飛奔出去。

「人家也要去～！」

「美咲把車停進停車場去！」

仁制止了想要一起跟來的美咲。

「可是！」

「我們一定會找到的！」

空太這麼大喊之後，進到機場裡環顧四周。

目標是第一航廈的四樓。

要搭電梯嗎？還是手扶梯？不，樓梯會比較快。空太這麼判斷之後，邊撥開帶著大行李的旅客們邊奔跑著。

接著聲勢驚人地衝上樓梯。他感覺肺臟已經快破裂，大腿跟小腿肚更慘，能量已經用盡，開始變得僵硬。即使如此，他還是不停地奔跑，沒辦法停下來。

因為有無論如何都想說的話要當面告訴真白。如果能夠把這些話、這份情感傳達給她，即使肺臟毀了也無所謂。

空太喘著氣踏上最後的階梯，終於來到四樓。

國際線的出境大廳。

空太再度停下腳步。

好寬廣，人也好多。雖然有不少外國人，但卻沒有因為這樣而使日本人變得醒目，如果用平常找人的方式根本找不到。

有可能來不及的念頭在腦中支配著，背脊打了一陣冷顫。

就像是落井下石般，機場突然開始廣播往倫敦．希思羅機場的班機。空太冒出不祥的汗水，更覺得呼吸困難。說不定已經太遲了。

如果真白是搭乘這班飛機，就可能已經通過安檢了。

「分頭去找吧。空太往北廳，我往南，青山同學就待在這附近找，避免錯身而過。」

仁的呼吸也變得急促。他將雙手撐在膝蓋上，不忘抬起頭來查看四周。

「不用擔心，還來得及，會找到的。就算是在澀谷行人任意行走的交叉路口，我也能一下子就找到美咲。」

仁說著自嘲般笑了。

「快去！」

「好！」

在回答的同時，空太已經跑往北廳。雖然因為呼吸急促而感到痛苦，但他已經完全不在乎這種事了。

穿過來來往往的人潮，尋找著真白。還是找不到，雖然看到很像她的人但並不是。到處都找不到。

已經快到北廳的最底邊了。

果然還是沒看到。

說不定是在南廳。

但手機並沒有響起，正是仁與七海都還沒找到真白的證據。那麼，是已經來不及了嗎？已經過了安檢了……說不定是搭上了剛才廣播的那班飛機。

空太眼前一片黑暗。

不，不能放棄。怎麼能放棄呢？

空太正這麼想的瞬間，一個背影突然進入視野當中。纖瘦的身形，窈窕的腰身曲線；柔軟飄曳的頭髮；水高的制服。在一大群人潮中，空太眼裡唯有那個身影看來格外鮮明，就像是身處在聚光燈底下。

「椎名！」

他出聲叫喚，真白便轉過頭來，帶著一臉驚訝的表情。

明明是早上才見過的真白，現在卻已經開始覺得懷念。

有太多想說的話了。

什麼都沒說就回英國，也未免太沒常識了。漫畫連載打算怎麼辦？像這樣突然不見，全校師生都會感到驚訝的。還有要多關心自己，在男性面前不要太沒有防備了。挑食的習慣要改過來……這麼重要的時候忘了帶手機要怎麼辦？先買了囤積的年輪蛋糕會幫妳寄到英國去的。

這些幾乎都是在發牢騷。

不過，真的很感謝妳。打從心底感謝……

因為與真白相遇使自己改變了。看到她對漫畫真摯的態度，自己也想做些什麼。一開始很焦急，也有過不愉快的心情，但現在能夠挑戰企劃甄選、開始學習程式，都是因為與真白相遇。

所以，最後想跟她說……

──加油。

還有……

──我會支持妳的。

直視著真白的雙眸，想以自己的語言、自己的聲音……想把這些當作道別的話。

「空太。」

隨著已經聽慣的聲音，空太跑到真白面前。她的臉就在眼前，但空太的腳卻沒有停下來。

兩人的影子重疊。

「！」

真白發出驚呼。這也難怪，因為空太多跨出了一步，緊緊地抱住真白。

「……別走。」

他對抱在懷裡的真白這麼耳語。

「別走。」

不自覺地不斷說出口。

「別走。」

明明不是為了說這種話而來的。

「別走。」

卻還是只說出了這句話。

「別走。」

「空太老是只說這句話。」

空太的身體無法隨心所欲動作，雙臂訴說著不想放開真白。

想說的話明明堆積如山，腦袋卻變得一片空白。

「哪裡都別去。」

還開始夾雜了鼻音。不管說了什麼，自己的話都無法讓真白了解，但是受到感情支配的自己，事到如今再也無法偽裝。

「哪裡都別去。」

明明已經決定要支持她了；明明已經決定要支持真白所選擇的路了。空太現在依然覺得那份感情是真實的，但是身體卻無法隨心所欲。

「別走……」

「……」

真白默默地聆聽著。

「留在櫻花莊。」

「……嗯。」

真白以微小的聲音回應。

「……」

「我哪裡都不會去的。」

空太還以為是聽錯了。

「……」

「不會走的。」

但他並沒有聽錯。

「椎名？」

他的手臂慢慢放鬆。

看著真白的臉。

「妳說的是真的嗎？」

彷彿在作夢一樣，沒想到真白會改變心意。

「我說的是真的。」

壓抑不住一湧而上的衝動，空太再度抱緊了真白。

「……空太，好難受。」

感情無法用言語來表達。現在彷彿不管說什麼，都會令人哭泣。

「好難受。」

「沒辦法，身體不聽使喚。」

放鬆力氣的真白將頭靠在空太的肩上。

這時候，突然響起拍手的聲音。正想著發生什麼事而把目光移向周圍，發現白人男性帶著笑容拍手。不只這個人，現場每個人都從坐著等候的座位上起身，像是祝福空太與真白般拍著手。大人、小孩、男性、女性，各國的人們都歌頌著喜悅。

看來兩人非常受到注目。空太完全沒發現，因為眼裡只有真白。

空太覺得很不好意思，便把真白放開了。

年輕的外國情侶笑著；白髮老夫婦以看著孫子般的溫暖眼神看著他們；看起來像業務員的男性，則透過電話不知正在向誰說著空太與真白的事，還說機場發生了這麼有趣的事情。

「呃，那個……驚動大家了……」

空太脹紅著臉，不斷向周圍點頭致意。正面、右邊、左邊，然後後面……當他正這麼想的時候，突然看見了認識的臉。

「找到了人，一般都會先聯絡吧？」

仁、七海，還有美咲與龍之介都在。

「知道學弟還流著炙熱的青春熱血，我覺得好高興啊！今晚要辦派對！青春紀念日啊！」

「你、你們從哪時開始就在這裡了？」

「不要知道對你比較好。」

這麼說著的七海，一臉悶悶不樂的樣子。

「『別走！』嗚嗚！」

美咲這麼說著抱住了七海。

「嗚啊啊啊啊啊！那不就幾乎是全部了嗎！」

「不，我覺得實際上大概是八成左右。」

仁的幫腔一點安慰作用也沒有。

「空太。」

真白從身後拉了拉他的手肘。

「喔、喔，什麼事？不對……沒關係嗎？」

「嗯？」

「不回英國也沒關係嗎？」

「我不回去。」

「這樣啊。」

「只是來幫麗塔送行的。」

「咦？」

空太不自覺地出聲。七海跟仁也發出「咦？」或「啥？」的呆滯聲音；美咲誇張地反應

「妳說什麼！」連龍之介也板著一張臉呻吟。

「妳剛剛……說什麼？」

是聽錯了嗎？不，真希望是聽錯了，不然會很傷腦筋，就各方面來說……

「我不回去。」

「後面那一句！」

「只是來幫麗塔送行的。」

真白依然面無表情地重複著。

「咦！等一下、咦？怎麼回事啊！」

「就是真白剛剛說的那麼一回事。」

這時從旁邊的座位傳來這個聲音。麗塔俐落地站起來，她從什麼時候就在這裡了？由於空太太忘我了導致完全沒發現。

「就是她所說的……怎麼會……」

空太的腳不明就裡地開始顫抖。

「空太，怎麼了？」

「不、因為……妳突然不見了……一般都會這麼以為吧……昨天又來了電話……老師說妳父親要來接人了，所以……」

「那是要來接我的意思。」

麗塔若無其事地說著。

「因為說已經往成田、往機場去了，所以……」

「那是為了來送我。」

空太眼前開始一片黑暗，彷彿是掉入深淵一般。

「那比賽得了獎，所以要回去參加頒獎典禮呢？」

「那也是我。」

「真的嗎？」

「真的。」

虛脫的空太就這麼當場癱坐下來，而旁邊的七海則是把身體靠在柱子上，嘴裡還說著怎麼會這樣……

「空太，生病了嗎？」

「才不是！」

「就某種意義上來說是生病了吧？像是擔心真白症之類的？」

麗塔愉快地說著。

「空太，不要靠過來，會傳染。」

「開什麼玩笑啊！我說妳啊，我……還有仁學長，美咲學姊、青山、赤坂也都追上來了耶！因為擔心妳！」

「為什麼？」

「我不管了！真是的，開什麼玩笑啊……」

感覺像是鬆了口氣，一種難以言喻的虛脫感襲向空太。

「要是那麼擔心真白，乾脆在她脖子上綁項圈，再加條鍊子不就好了嗎？」

「就這麼做吧？」

「才不要！」

看來短時間內空太是站不起來了。

「算了，既然不回去不是很好嗎？」

仁將手搭在空太的肩上，露出異常疲憊的表情。美咲精神飽滿地抱住真白；七海則碎碎唸地抱怨著。龍之介雖然看來一副不快，倒也深深地嘆了口氣。這已經說明了一切。

「全都是誤會一場嗎……」

到剛才為止的情緒一瞬間讓人覺得丟臉。連續呼喊著別走的那個人，到底是誰啊……真想挖個洞鑽進去。

「不過，當漫畫家的事，真白的父親不是反對嗎？」

「那件事要不要直接跟他說呢？」

麗塔的視線朝向空太的身後。

空太好不容易站起身來向右轉。

身著沉穩顏色西裝的男性，手拿裝了咖啡的紙杯站在那裡。看來大概四十歲左右吧？結實的體格，帶著成熟男性的風格。他的表情僵硬，眉頭深鎖。

「沒想到看到女兒被男人抱著，竟然會這麼令人不愉快啊。」

「啊、那、那個是……呃……對不起。」

「你是？」

「我、我叫神田空太，跟椎名住在同一個宿舍。」

「是我的飼主。」

「妳給我等一下！」

「喔。」

「您喔什麼啊？爸爸。」

「誰是你的爸爸啊？」

「啊、不，對不起。」

即使面對空太難看的應對，真白的父親也完全不笑。空太被他銳利的眼光射中，只是變得越來越渺小。

「我多少從千尋跟麗塔那裡聽說了一些事，你們似乎很照顧真白的樣子。」

真白的父親看著櫻花莊的成員們。

「我很感謝你們，也很擔心女兒是不是能適應日本學校的生活。」

「說的也是……那個，您不是來把椎名帶回去的嗎？」

空太戰戰兢兢地提問。

「看來訊息轉達似乎有些錯誤。我應該已經明確地告訴千尋了。」

「您不是希望椎名成為畫家嗎？」

「老實說，確實是如此沒錯。」

空太嚥了嚥口水。

「但是，我至少還知道，所謂的藝術家，不應該是被誰強迫才當的。」

心不甘情不願地畫出來的畫，確實不太可能打動別人的心，因為像這樣的情緒，出奇地容易在畫作中顯露出來。

「可是，要是像椎名這麼會畫畫，我覺得任誰都會認為當畫家比較好吧。」

「是啊，大家都會這麼覺得。我不否認自己也是其中之一。」

「那麼，又為什麼？」

「我只教了真白繪畫。自己無法完成的夢想，便無意識地託付在自己女兒身上而束縛了她的人生。」

「把夢想寄託……」

在父親是上班族的一般家庭中成長的空太，還無法完全理解。

「突然在某個時候我察覺到了。在真白的成長過程中，我開始有了罪惡感。同輩的孩子們在外面遊玩的時候，真白也一直在畫畫。其他孩子說著與男孩子約會的事情時，真白也只是一直在作畫。」

「可是……」

「幸福的可能性是因人而異的。」

「就算是這樣……」

「年輕的時候我曾經以當上畫家為志向。但是，卻沒有成功。就算這樣，我也不覺得自己的人生不幸。我認為所謂的生存方式就是這樣。」

「……」

空太無法回話。

「真白說要到日本來的時候，我確實感到很驚訝，也想反對，到現在也還舉棋不定。因為真白的才能有那樣的價值，而且我知道她的才能能夠影響許多人，包含好的方面與壞的方面。」

真白的父親以溫柔的眼神看著麗塔。

「不過，我的確也鬆了一口氣。」

「為什麼？」

「因為在我不知道的地方，真白找到了自己想做的事。」

「……您知道漫畫的事了嗎？」

「做父母的可是比孩子想像的還要關心他們。」

空太還是沒辦法完全了解父母的心情。

「雖然如此，這次麗塔說要把真白帶回英國的時候，我還是無法阻止她。自己沒能實現的夢想，還是想託付在女兒身上。」

真白的父親轉向麗塔。

「真抱歉啊，麗塔。我這樣默不作聲地利用了妳。」

「您並沒有利用我。不管誰阻止我，我都會來日本的。」

「讓妳當了不討喜的角色。」

真白的父親對麗塔低頭致意。

「請不要這樣，沒那回事……這是我自己選擇的。而且，來到日本我也清醒了。」

「這樣啊。」

「我要繼續畫畫，不管爺爺說什麼或是父母反對。」

真白的父親靜靜地點頭。

「我覺得自己已經知道為什麼爺爺要我『算了』。我一直以來都太依賴真白了，因為沒辦法自己站起來，所以才會要我『算了』。因為這是個未來只能靠自己的雙腳前進的世界。」

真白溫柔地握住麗塔的手。

「我有個疑問。」

空太微微地舉手，所有人都朝向這邊注視著他。

「麗塔知道了哪些事情？妳知道椎名的父親認可她當漫畫家的事嗎？」

「完全不清楚。我一直以為真白的父親是除了畫家以外絕不會認同的人……況且，真白畫漫畫的事，我可是拚了命隱瞞。不然，不覺得馬上就會被揭穿了嗎？」

這麼說的麗塔，以目光詢問著「真白有辦法隱瞞事情嗎？」

確實是如此。

「不過，以漫畫家的身分出道的事，是我告訴真白父親的……那個、因為我為了許多事感到煩惱，所以就……」

關於這部分，空太昨天已經一邊淋著雨一邊聽說了。

「不過他似乎一開始就知道了。」

對於麗塔所說的話，真白的父親以眼神表示同意。大概是很注意女兒的動向吧？

「簡單來說，諸惡的根源就是那個嫌麻煩的老師吧……」

關於真白的父親認同漫畫家的事，千尋應該早就知道了。在這個前提下，還不斷說著「是真白選擇的就好」這種讓人會錯意的話，才會到了今天，還引發亂七八糟的誤會，讓人以為真白真的要回去了……

「被耍得團團轉，真想好好報復一番。」

仁乾脆地這麼說著。

「罪惡就該給予懲罰。」

龍之介也接著說。

彼此互看的櫻花莊成員們點頭同意。

「抱歉。」

空太向真白的父親致意後拿出手機。

接著顯示出千尋的電話號碼讓所有人看到，然後用眼神示意之後撥了電話。

手機立刻顯示通話狀態。

首先是空太大喊：

「嫁不出去！」

仁接著說：

「超過保存期限了。」

七海也說了：

「請承認自己已經超過三十歲了。」

美咲則是安慰她：

「多虧小千尋，我們才來得及幫小麗塔送行！我愛妳！」

最後龍之介做了總結：

「死心吧。」

之後空太結束通話，同時把手機關機。

「這樣就好了。」

這時候，廣播開始催促往倫敦的乘客通過安檢。

真白的父親提起行李，麗塔也站在他的旁邊。

「我想接下來女兒還是會給各位添麻煩。」

空太差點就要把「現在也一直在添麻煩」說出口，趕忙緊閉上嘴。因為真白的父親表情非常老實認真。

「雖然在日本的知名度還不高，但在繪畫的世界裡，真白已經是世界知名了，以後說不定會出現不認同真白選擇的人。等到她當漫畫家的事廣為人知，說不定社會或媒體就會不自覺地不容許這件事。到時候，在她身邊的你們大概也會被牽扯進去吧。」

「請不用擔心。」

麗塔這麼說著，露出微笑。

「因為真白住的地方是櫻花莊。」

麗塔環視每一個人。

「這樣啊……雖然是誤會一場，不過以為真白要回英國，你們竟然能夠追到這裡來。希望你們今後也跟她好好相處。」

「好的。」

空太與七海的回答很沉重。美咲舉起雙手回答「那當然」。仁點了點頭，龍之介則以眼神示意。

「只不過，是以朋友的身分。」

真白父親的目光，直直地盯著空太。

「啊、是、是的。」

這時再度傳來催促著辦理搭機手續的廣播。

「看來時間差不多了。要畫漫畫就要好好做喔，真白。」

「嗯。」

真白與父親相擁，只是輕輕抱了一下便放開。接著她抱住麗塔，這次卻是遲遲不肯放開。

「麗塔，多保重。」

「真白也是。」

美咲看準兩人放開的時機，撲向麗塔的胸前。空太與麗塔視線對上。

「空太也要來擁抱一下嗎？」

「妳以為我每次都會上當嗎？」

光看表情也知道空太是在調侃自己。因為跟麗塔已經一起度過了之前那段時光，所以依依不捨的感覺更加強烈。

「真是可惜。我剛剛說的是認真的呢。」

「得不到的總是比較好～～」

麗塔微笑著提起了行李。

「等一下，食客女。」

叫住她的人是龍之介。所有人都一臉意外的表情。

「很遺憾，我已經不是食客了。」

「前食客女。」

「我叫麗塔。你可以叫我的名字啊？」

「這個拿去，前食客女。」

龍之介遞出來的，是一張摺起來的紙。

麗塔一副困惑的樣子收了下來。

「這是什麼？」

麗塔把紙攤開，瞬間露出驚訝的神色。

「電子郵件信箱？為什麼要給我？」

「以後也想繼續聯絡。」

「咦？」

空太忍不住發出感到驚訝的聲音。

「這……莫非是對我……」

麗塔的臉頰微微染上了紅暈。

「我需要妳。」

「不會吧？」

「是這樣嗎！」

空太與七海的聲音重疊，仁則吹著口哨。

「那麼，小麗塔的回應是！」

假裝手拿麥克風的美咲向麗塔逼近。麗塔完全沒看美咲，從行李當中拿出筆記本，撕下一頁寫了些東西後，就交給龍之介。

「這是什麼？」

「是我的電子郵件信箱。平常就算是男孩子問我，我也不會給的喔？」

龍之介斜眼看著自信滿滿的麗塔，把紙遞給了空太。

「為什麼拿給我？」

「要負責聯繫的人是神田。剛才的電子郵件也是神田的。」

「什麼？」

完全搞不清楚龍之介到底在說些什麼，麗塔也是一臉困惑。

「素材的上傳方法，等我把ＦＴＰ伺服器建置好之後再跟妳聯絡。」

「喔……」

麗塔漫不經心地回答。

「是前食客女自己說想參加的，所以要妳把喵波隆的素材完整地做到最後。沒問題吧？」

就算在空太與七海都啞口無言的狀況下，麗塔臉上的笑容依然沒有消失。

「你說的需要我，指的就是這個意思嗎？」

「那當然。不然還有其他什麼理由？」

「既然機會難得，能不能也把你的電子郵件信箱告訴我？」

麗塔從頭到尾都是笑容以對。總覺得笑容好可怕……超可怕的……

「我的電腦安全防護是無懈可擊的，病毒攻擊不管用。就算妳真的傳過來了，女僕也會自動組成系統，將破壞程式寄給發信方。不要動歪腦筋了。」

「我不會寄病毒的。請不要把我想得跟你一樣。」

「那為什麼想要我的電子郵件？」

「因為就身為異性的立場，我對你有興趣。」

「不會吧？」

「是這樣嗎！」

空太與七海的驚呼再度重疊，仁則吹著口哨。

「那麼，Dragon的回應是！」

假裝手拿麥克風的美咲，這次是向龍之介逼近。

「沒用的感情，丟到那邊的垃圾桶裡去吧。」

「你把別人愛慕的心當成什麼了？」

「戀愛不過是腦部的電子活動所帶來的一種bug而已。」

「看來需要對你做些懲罰。」

畢竟已經到忍耐的極限，麗塔走到龍之介的面前，就像那天一樣舉起右手。

「沒用的。妳的攻擊對我不管用。」

龍之介從容地笑了。

在場的所有人，意識全集中在麗塔的右手上。當然，龍之介也是……

所以才會沒發現吧？麗塔的表情像是想到要如何惡作劇的孩子般……

所以對於麗塔真正的攻擊，龍之介才會閃躲不及……

維持舉著右手的姿勢，麗塔墊起腳尖，就在空太等人眾目睽睽之下，輕輕地親吻了龍之介的臉頰。

空太呆愣地張著嘴，真白發出了「啊」的一聲。七海滿臉通紅，仁則吹了第三次的口哨。

「小麗塔，幹得好～」

美咲說完，開心地蹦蹦跳跳。真白的父親則感嘆著「最近的年輕人啊……」

麗塔慢慢地離開，接著龍之介立刻像失去支撐的招牌一樣，僵硬地往後倒下。

「哇！赤坂！你沒事吧？」

空太大叫著跑了過來。他叫了龍之介好幾次，但是都沒有反應。龍之介完全暈了過去，與女孩子接觸之後會怎麼樣，這就是答案了。

「這是惹我生氣的處罰。你多少有在反省了嗎？」

麗塔看來心滿意足。

「不，赤坂根本就聽不到啦！」

「那真是遺憾。那麼，請幫我轉達『有機會再繼續』。」

總之，空太還是先含糊地回答「知道了」。

「那麼，真的要跟大家道別了。」

麗塔站在真白的父親身邊，行禮致意後便轉過身去。離開的兩人，順利地通過安全檢查。

在要搭往下的手扶梯之前，麗塔微微轉過頭來揮了揮手。

「大家再見了！」

「要再來玩喔！」

空太這麼大喊；真白則是拚命地揮手回應。

空太等人目不轉睛地目送他們，直到看不見麗塔的手為止。

「走了呢。」

七海的聲音聽來有些落寞。空太也只能「嗯」地簡短回答。真白跟仁也一樣，沒有人開口說話。心中有了空隙，至今麗塔所在的位置開了個洞。眾人沉浸在這餘韻之中。

其中有個不懂察言觀色的外星人。

「好，學弟，這個拿著！」

美咲遞出放在車子裡的聖誕老公公袋子。打開來看，發現白布及畫材一起被塞在裡面，相當重。

「這是什麼？」

「難得都來送行了，怎麼可以不做那個就回家了呢！不趕快準備的話，會來不及喔！」

美咲抓著空太的手，莫名其妙地開始動了起來。真白與七海也在後面跟上，龍之介則由仁揹著。

「妳想做什麼？」

「當然是好事啊～～！」

美咲說完只是笑著。

下午五點半，飛往倫敦．希思羅機場的飛機依表定時間移動至跑道。

坐在靠窗側位置的麗塔．愛因茲渥司，正按照飛航指示繫上安全帶。

停留在日本大約一個月的時間，而這也都在今天結束了。她閉上眼睛，腦海中浮現許多情景。打開放了各種感情的抽屜，一件件確認內容之後，麗塔珍惜地將它們收藏在內心深處。

櫻花莊是個有趣的地方，未來也一定不會忘記他們的事。

然後，只是單純地想與他們再見面。

飛機來到跑道的一端，機內廣播告知馬上就要起飛。

噴射引擎開始轉動，飛機激烈搖晃，逐漸加速，窗外的景色流洩而過。就在這個時候，麗塔看見了。

機場大樓見習用的屋頂平台有人影。

六名男女用力地揮著手。

最右邊的是高個子的仁，在旁邊跳著的是美咲。正中央站了真白與空太，七海則是揮動著雙手，而左邊是龍之介。雖然看不見龍之介的表情，但麗塔想像他應該是一臉不滿的樣子，不過還是覺得他活該。

飛機經過機場大樓的側面時，平台的柵欄上垂下了布幕。

那是橫長型的布塊。

麗塔看到寫在上面的字，鼻子深處一陣酸楚，立刻便熱淚盈眶。

——朋友，展翅高飛吧！

空太等人似乎在喊著什麼，麗塔當然聽不到，但是他們的心意已經完全傳達到了。

繼續加速的飛機，終於飛向廣闊的天空。

麗塔的眼睛滴下了斗大的淚珠。

滴滴答答不斷落下……

而她卻不想拭去眼淚。

「可不能輸給他們呢。」

「是的。」

因為這是如此令人開心……

麗塔搭乘的飛機發出轟隆聲遠去。

「不知道她有沒有看到。」

空太用袖子擦去沾在臉上的顏料，瞇著眼追尋飛機的航跡。

三張床單大的布幕，大小應該是綽綽有餘。

「前食客女坐在窗邊坐位的機率很低，恐怕是徒勞無功吧。」

龍之介在意制服上的髒污，白色襯衫沾上了紅色及黃色的顏料。

「赤坂同學為什麼要說那種話？」

七海生氣了。不過，額頭上沾到顏料的呆樣一點都不可怕。

「聽聽就算了。反正龍之介醒來後也幫忙了。」

仁用手撥掉彈到褲子上的顏料。不過光靠這樣是弄不掉的，因為手上也沾到了顏料，褲子上的顏料痕跡反而更加擴大。

大概是對自己的慘狀覺得不像話，仁聳了聳肩。

眾人整理著畫材，眼神不經意互相對上，所有人都是一副悽慘的樣子。臉跟手上，還有制服到處都沾了顏料，色彩繽紛。

看著彼此的臉，眾人忍不住一起笑出聲來。

雖然想過不知道會變成怎樣，不過還好真的做了。在這種時候，總是對美咲的突發奇想跟行動力感到驚艷。

麗塔搭乘的飛機明明已經離開，美咲卻還在剩下的一張床單上畫著東西。

「美咲學姊也來收拾整理吧。」

「看我精心的作品吧！我覺得垂下的布幕用這個比較好！」

美咲幹勁十足地拿起床單，上面寫著「常勝」。

「我們又不是常參加高中校際比賽的隊伍！還有，請不要浪費床單了！」

「這些全都是從學弟的房間裡拿來的，所以沒關係啦！」

全身沾滿顏料的外星人笑著。

「從今天起就能被『常勝』擁著入眠呢，空太。」

「真是太好了呢，神田同學。」

「你們以為事不關己，想講什麼就講什麼啊！」

就在這樣閒聊之間，畫材已經收拾完畢。

「那麼，難得有這個機會，要不要先吃飽再回去？」

帶著行李的仁開始往前跨步走了出去。

「我今天的心情想吃什錦燒～」

已經變成聖誕老公公狀態的美咲跟著走在後面。

「吃是沒有問題，但請不要跑到廣島去。」

七海謹慎地叮嚀。

「我知道了，小七海！小七海的故鄉！就將就點，到大阪去吃囉～！」

「那也不行！」

如果從現在開始八個小時的旅程實在太累了。不，該不會打算搭飛機立刻往返吧。

龍之介也默默地回到大樓裡去。

「椎名，要走囉。」

飛機離開之後，真白一直盯著遠方的天空。

「椎名？」

「……」

「妳想跟著一起回去嗎？」

真白輕輕地搖頭。

「走吧。大家都走光了喔。」

空太背對著她開始往前走。

「空太。」

空太聽了轉過頭去，真白漂亮的臉蛋上沾了顏料，站在夕陽照射下的正中央。

「怎麼了？」

空太這麼問道，真白便把雙手疊在胸前。

「這裡怪怪的。」

她這麼說著，彷彿要逃離空太的視線，把目光別開。

「噗通、噗通的……從剛才就一直這樣。」

「剛才？」

真白依然低著頭，只有目光向上望。

「空太叫我不要走。」

「啥！那、那個只是！」

「自從被空太緊緊抱住之後。」

「嗚啊啊！趕快忘掉那個吧！」

空太全身開始冒汗。雖然不想否定自己的情感，但是事情的發端是一場誤會，實在是太丟臉了。

「算我拜託妳，趕快忘掉吧！拜託妳啦！」

空太不斷重複著同樣的話，拚了命求她。

但是，真白卻回答：

「沒辦法。」

「請妳想個辦法吧！」

從今天起要以什麼樣的態度面對真白才好？竟然把至今隱藏在無意識之下的東西全都暴露

出來了。

「還留著。」

真白說著，一邊像祈禱般閉上眼睛。

「什、什麼東西？」

「空太的聲音還留在耳邊。」

不能再問下去了。空太想立刻轉身衝刺離開。

「還有空太身體的觸感。」

「不、不要講得那麼逼真！」

在無法停止動搖的空太面前，真白露出些許不安的表情。平常不管發生什麼事都不為所動的雙眸，微微地閃爍著。

「我是怎麼回事？」

「怎、怎麼回事……」

「空太。」

真白不知是否感到不安，放在胸前的雙手緊緊握住。

「什、什麼事啊？」

「這個……」

低著頭的真白臉頰泛紅。總覺得那不只是因為夕陽的關係。

「椎、椎名?」

空太明明想說些別的話,卻還是只能叫喚她的名字。真白直盯著這樣的空太。

因為這樣,空太的腦袋距離冷靜越來越遠。

「……」

瞬間造訪的沉默,蘊含了難以忍受的緊張感。空太吞了吞口水,即使這麼做,加速的心跳還是無法平息,事到如今真白也停不下來。

「這個……」

「……椎名?」

「莫非……」

「……」

喉嚨已經乾渴到發不出聲音來了。

真白的薄唇間正要說出接下來的話語,就在這時,衝過跑道的飛機發出轟隆巨響起飛。

真白說了些什麼。

「……」

但是沒聽到聲音。從她的嘴形看來,大概是兩個字。這句簡短的話語,被噴射引擎的聲音給掩蓋了。

即使如此，空太還是全身發熱，眼前一片白茫茫。

因為……

——戀愛。

真白的嘴唇似乎如此向空太傾訴著……

後記

在不知不覺當中，這本《櫻花莊的寵物女孩》第三集，已經成為值得紀念的第十一本書了。至於是哪裡值得紀念，就請大家不用在意了。

全都只是因為在第十本的時候漏掉，沒拿來當作話題而已……

這也沒辦法。就算到了第十本，既不會響起軍樂、有人幫忙祝賀，也不會因為達到某種作家層級，而提升了等級。

日子只會很單～純地一天天過去而已。

這個世界大概就是這種感覺、這樣形成的。就這樣，歲數不斷增加，不知不覺中由年輕人變成大叔，所以現在還年輕的各位也請注意了。

就像從宇宙看不見地表上的國境一樣，年輕人與大叔的分界線也是肉眼看不見的，不知不覺間就會跨越過去。這真是……太可怕了，太可怕了。

我已經不知道自己在說些什麼了，硬是要做個總結的話，我能夠像這樣出書、在後記寫些莫名其妙的話，都是多虧各位讀者。感謝各位，今後也請多多指教。

下次，第四集大概會在寒冷的季節裡發售。

文化祭也要開始了，說不定終於（？）要開始有學園故事的氣氛了。也說不定不會有……只剩下短暫時光就要畢業的三年級生身上，似乎會發生些什麼事。當然，空太與真白的關係也會逐漸變化吧……以上所說的全都只是預定，實際上會變得如何，還是請各位在第四集的時候確認吧。

在這裡要感謝溝口ケージ老師，這次還承蒙老師畫了海報的圖。如果各位在書店等處看到大型的真白，還請好好地欣賞。（註：以上為日本出版情況）

另外，也給荒木責編添了不少麻煩。

那麼，相信下集還能與各位再會……

鴨志田一

國家圖書館出版品預行編目資料

櫻花莊的寵物女孩 3 / 鴨志田一作；一二三譯. ——
初版. —— 臺北市：臺灣國際角川, 2010.09
冊；公分. —— (Kadokawa fantastic novels)

譯自：さくら荘のペットな彼女 3
ISBN 978-986-237-822-9(第1冊：平裝). --
ISBN 978-986-237-919-6(第2冊：平裝). --
ISBN 978-986-287-030-3(第3冊：平裝)

861.57 99014691

Kadokawa
Fantastic
Novels

櫻花莊的寵物女孩 3

（原著名：さくら荘のペットな彼女 3）

2011年2月25日 初版第1刷發行
2023年10月2日 初版第16刷發行

作者：鴨志田一
插畫：溝口ケージ
日版設計：T
譯者：一二三

發行人：岩崎剛人
總編輯：蔡佩芬
編輯：孫千棻
美術設計：吳佳昫
印務：李明修（主任）、張加恩（主任）、張凱棋

發行所：台灣角川股份有限公司
地址：104台北市中山區松江路223號3樓
電話：（02）2515-3000
傳真：（02）2515-0033
網址：www.kadokawa.com.tw
劃撥帳戶：台灣角川股份有限公司
劃撥帳號：19487412
法律顧問：有澤法律事務所
製版：巨茂科技印刷有限公司
ISBN：978-986-287-030-3
